HEYNE BÜCHER

W0199748

SCIENCE FICTION

Herausgegeben
von Wolfgang Jeschke

Ein Verzeichnis weiterer Bände dieser Serie finden Sie am Schluß des Romans.

STARFLEET KADETTEN

STAR TREK®

BRAD & BARBARA
STRICKLAND

PICARDS ERSTES KOMMANDO

Star Trek®
Starfleet Kadetten
Band 16

Deutsche Erstausgabe

WILHELM HEYNE VERLAG
MÜNCHEN

HEYNE SCIENCE FICTION & FANTASY
Band 06/6516

Titel der Originalausgabe
NOVA COMMAND
Aus dem Amerikanischen übersetzt von
UWE ANTON

Redaktion: Rainer-Michael Rahn

Erstausgabe bei Pocket Books,
a division of Simon & Schuster, Inc., New York

Printed in Germany 1997
Umschlagbild: Catherine Huerta/Pocket Books
Innenillustrationen: Todd Cameron Hamilton
Umschlaggestaltung: Atelier Ingrid Schütz, München
Technische Betreuung: M. Spinola
Satz: Schaber Satz- und Datentechnik, Wels
Druck und Bindung: Ebner Ulm

ISBN 3-453-13333-1

Für drei wunderbare Lehrer:
Mr. Shirley, Mrs. Gilbert und Mr. Bray

STARFLEET-Zeittafel

2264 Beginn der Fünfjahresmission der *USS Enterprise NCC-1701* unter Captain Kirk.

2292 Die Allianz zwischen dem Klingonischen Imperium und dem Romulanischen Reich zerbricht.

2293 Colonel Worf, Großvater von Worf Rozhenko, verteidigt Captain Kirk und Doktor McCoy bei ihrem Prozeß wegen Mordes am klingonischen Kanzler Gorkon.
Friedenskonferenz zwischen dem Klingonischen Imperium und der Föderation auf Khitomer [Star Trek VI].

2323 Jean-Luc Picard beginnt die vierjährige Ausbildung an der Starfleet-Akademie.

2328	Das Cardassianische Imperium annektiert Bajor.
2341	Data beginnt die Ausbildung an der Starfleet-Akademie.
2342	Beverly Crusher (geb. Howard) beginnt die achtjährige Ausbildung an der Medizinischen Fakultät der Starfleet-Akademie.
2346	Massaker der Romulaner auf dem klingonischen Außenposten Khitomer.
2351	Die Cardassianer erbauen im Orbit um Bajor eine Raumstation, die sie später aufgeben werden.
2353	William T. Riker und Geordi LaForge beginnen die Ausbildung an der Starfleet-Akademie.
2354	Deanna Troi beginnt die Ausbildung an der Starfleet-Akademie.
2356	Tasha Yar beginnt die Ausbildung an der Starfleet-Akademie.

2357 Worf Rozhenko beginnt die Ausbildung an der Starfleet-Akademie.

2363 Captain Jean-Luc Picard tritt das Kommando über die *USS Enterprise, NCC-1701-D* an.

2367 Wesley Crusher beginnt die Ausbildung an der Starfleet-Akademie.
Zwischen den Cardassianern und der Föderation wird ein unsicherer Waffenstillstand geschlossen.
Angriff der Borg im Sektor Wolf 359; unter den Überlebenden sind Lieutenant Commander Benjamin Sisko, Erster Offizier der *Saratoga,* und sein Sohn Jake.
Die *USS Enterprise-D* besiegt das Schiff der Borg im Erdorbit.

2369 Commander Benjamin Sisko tritt das Kommando über Deep Space Nine im Orbit von Bajor an.

Quelle: *Star Trek Chronology* von Michael und Denise Okuda

1

Jean-Luc Picard war es nicht gewohnt, in geschlossener Formation zu marschieren. Auf dem Weingut, das seine Familie ihr Zuhause nannte, war er fast immer gelaufen statt marschiert, entweder allein oder mit seinem älteren Bruder Robert. Aber hier an der Starfleet-Akademie gewöhnte er sich schnell daran, die Dinge nach der Vorstellung von Starfleet und nicht nach seiner eigenen zu handhaben. Er wand sich ein wenig in seiner steifen neuen Uniform, und die Septembersonne schien heiß auf sein Gesicht und den Hals. Oder vielleicht war es nur die Hitze der Befangenheit …

»Stillgestanden, Kadetten! Rechts um! Vorwärts, Marsch!«

Jean-Luc schluckte, bewegte sich so präzise, wie er konnte, und hoffte, daß niemand bemerkte, wie nervös er an seinem ersten Tag als Starfleet-Kadett war. Er versuchte, den Gleichschritt zu halten, während seine Reihe, die aus insgesamt zwölf Kadetten bestand, in ein großes weißes Gebäude mit der Aufschrift *Scobee-Saal* marschierte. Er blinzelte, als er durch die offene Tür ging und vom grellen Sonnenlicht in weiche künstliche Beleuchtung trat. Das Trampeln der marschierenden Füße wurde auf dem roten Teppich zu einem leisen, rhythmischen Stapfen.

Es ging durch eine andere Tür, und Jean-Luc betrat einen großen Hörsaal, dessen von einer Klimaanlage erzeugte Kühle in scharfem Gegensatz zu dem heißen Tag draußen stand. Vor ihm schwenkte die Reihe scharf nach rechts, und er sah, daß die Kadetten sich anschickten, auf Stühlen Platz zu nehmen. *Hoffentlich bin ich nicht der erste in einer neuen Reihe,* flehte er die Mächte an, die Kadettenfrischlinge beschützten. *Ich möchte nicht an allen anderen vorbeigehen müssen!*

Vielleicht hatten sie ihn erhört. Zu seiner Erleichterung konnte Jean-Luc fast in der Mitte der Reihe Platz nehmen. Wie der weibliche Kadett vor ihm blieb er stehen, vollzog eine präzise Vierteldrehung und stand vor seinem Sitz stramm. Aufgrund der Kadettenreihen vor ihm konnte er kaum das Podium sehen. Einige Männer und Frauen, alle in Starfleet-Uniformen, saßen dort und betrachteten das Meer der neuen Gesichter. Niemand sagte ein Wort. Die kühle Luft des Hörsaals roch nach Putzmitteln und leblos, nicht wie die von Gerüchen schwere Brise auf dem Weingut, die den Duft der Trauben, Erde und wachsenden Pflanzen mit sich brachte. Ein paar Minuten verstrichen, und schließlich verstummten die gedämpften Schritte.

Dann erhob sich auf der Bühne der Mann, der auf dem mittleren Stuhl gesessen hatte, ging zu einem Pult und zog dabei seine Admiralsuniform zurecht. Er hatte ein zerfurchtes, faltiges Gesicht und kurzes graues Haar, und seine Züge wirkten irgendwie leicht ungewohnt, fremdartig. Er nickte und ließ dann den Blick durch den Hörsaal gleiten. »Rührt euch, Kadetten«, sagte er mit einem leisen Lächeln. »Sie dürfen sich setzen.«

Jean-Luc ließ sich auf den Stuhl hinter ihm fallen und sah sich zum erstenmal um. Der Kadett, der hinter ihm marschiert war, saß links von ihm. Er war größer als Jean-Luc, hatte kurzgeschnittenes blondes Haar, eine aristokratische Nase und einen arroganten Zug ums Kinn. Rechts von Jean-Luc saß ein hübsches dunkelhaariges Mädchen, dem in der neuen Uniform äußerst unbehaglich zumute zu sein schien. Sie sah Jean-Luc nicht an, sondern schaute zu dem Mann auf dem Podium und nagte dabei an ihrer Lippe. Jean-Luc wurde klar, daß sie genauso große Angst wie er hatte. Er hoffte nur, daß er sie nicht so deutlich zeigte.

»Willkommen, Kadetten«, sagte der Mann auf der Bühne. »Ich bin Admiral Silona, der Leiter der Starfleet-Akademie. Ich weiß, Sie alle sind hierher gekommen, um hart zu arbeiten und Erfolg zu haben. Ich wünsche Ihnen alles Gute. Doch jetzt möchte ich, daß Sie alle zuerst nach links und dann nach rechts schauen.«

Jean-Lucs Gesicht schien zu brennen. Er hatte einen klassischen Fehlstart hingelegt, und als er nun zum zweitenmal seinen Kopf wandte, sah er dem Mädchen in die besorgten Augen.

»Jeder von Ihnen hat zwei andere Kadetten gesehen«, setzte Admiral Silona seine Rede fort. »Sich selbst eingeschlossen, kennen Sie jetzt drei hoffnungsvolle junge Menschen. Nun, einer von diesen drei wird in vier Jahren nicht mehr an der Starfleet-Akademie sein.«

Furcht blitzte in den dunklen Augen des Mädchens auf. Jean-Luc, der den Eindruck hatte, Admiral Silona würde direkt zu ihm sprechen, zwang

sich zu einem anmaßenden, unerschrockenen Grinsen. »Das werden wir ja sehen«, flüsterte er. Seine Nachbarin bedachte ihn mit einem schwachen Lächeln.

Admiral Silona stellte die anderen Anwesenden vor, Offiziere, die für den Unterrichtsplan, die Unterbringung und andere Einzelheiten verantwortlich waren. Dann hielt er einen Augenblick lang inne, bevor er schließlich fortfuhr: »Ganz gleich, ob Sie zu dem Drittel gehören werden, das aus der Akademie ausscheidet, oder zu den zwei Dritteln, die die Ausbildung bis zum Ende durchstehen – wir hoffen, daß Sie bei uns viel lernen und auch heranreifen werden. An der Starfleet-Akademie ist es Tradition, jedes neue Semester mit einer Einberufung der Kadetten im ersten Jahr zu beginnen. Es ist ebenfalls Tradition, daß ein Gastredner den jungen Leuten ein paar kluge Worte mit auf den Weg gibt. Ich muß eingestehen, daß ich bei mehr als einer dieser Reden eingenickt bin.«

Die Kadetten lachten; sie alle klangen unsicher und nervös.

Der Admiral lächelte. »Nun, ich habe nicht vor, die heutige Rede zu verschlafen. Kadetten, ich werde unseren Gastredner nicht lange vorstellen, denn das ist bei ihm überflüssig. In seiner langen Karriere ist er so bekannt geworden, daß jeder von Ihnen etwas mit seinem Namen anzufangen weiß. Daher verzichte ich auf alle blumigen Worte und bitte Sie lediglich, gemeinsam mit mir den Starfleet-Admiral im Ruhestand Spock zu begrüßen.«

Jean-Luc schnappte nach Luft, als die Vorhänge sich teilten und eine große, schlanke Gestalt auf die

Bühne trat. Admiral Spock trug keine Uniform, sondern eine dunkelblaue Robe, und er bewegte sich langsam, strahlte aber eine Aura großer Würde aus. Er nickte Admiral Silona mit einer vulkanischen Geste der Begrüßung zu, und Jean-Luc stellte fest, daß er scharfe, intelligente Gesichtszüge hatte.

Die Kadetten schwiegen einen Augenblick lang respektvoll. Dann applaudierte jemand, und alle fielen ein. Jean-Luc klatschte begeistert und erhob sich; die anderen Kadetten folgten seinem Beispiel und feierten den Gastredner mit stehenden Ovationen. Admiral Spock blieb hinter dem Rednerpult stehen, neigte den Kopf und zog eine Braue hoch. Als der Applaus endlich erstarb und die Kadetten wieder Platz genommen hatten, begann er leise: »Es ist mir eine Ehre, eine neue Generation von Starfleet-Offizieren begrüßen zu dürfen.«

Jean-Luc saß hingerissen da, während Spock kurz und in schlichten Worten über die Pflichten sprach, die die Kadetten auf sich genommen hatten. Er wies darauf hin, daß die Galaxis unermeßlich groß und noch immer kaum erforscht war und daß auf sie alle neue Entdeckungen, neue Lebensformen, neue Zivilisationen warteten. Seine eigene Karriere als wissenschaftlicher Offizier bei Starfleet und als Diplomat erwähnte er kaum, obwohl alle im Saal seine Geschichte genau kannten. Spock und die anderen Besatzungsmitglieder der *USS Enterprise* waren zum Inbegriff von Starfleet geworden, und als Jean-Luc ihm zuhörte, hatte er den Eindruck, einer lebenden Legende zu lauschen. Spock endete damit, ihnen allen zu wünschen, an der Starfleet-Akademie gute Erfahrungen zu machen, und sie daran zu erinnern, daß die wichtigste Aufgabe die Erweiterung des Wissens war. Dann hob er die rechte Hand zum vulkanischen Gruß und sagte: »Ich verlasse Sie mit einem vulkanischen Abschiedsgruß. Glück und langes Leben.«

Die Kadetten applaudierten erneut und so lange, daß Admiral Silona schließlich die Hände hob, damit Ruhe einkehrte. »Admiral Spock ist nun bereit, ein paar Fragen zu beantworten«, sagte er. »Ich bin sicher, es wird eine oder zwei geben.«

Nach einer unbehaglichen Pause erhob sich der Kadett links von Jean-Luc. Admiral Silona nickte ihm zu und sagte: »Nennen Sie Ihren Namen, Kadett, und stellen Sie Ihre Frage.«

»Kadett Roger Wells, Sir«, sagte der junge Mann mit beneidenswert klarer und deutlicher Stimme. »Wir alle haben von den Kämpfen gehört, die die *Enterprise* mit Romulanern, Klingonen und anderen Feinden geführt hat. Ich würde gern wissen, Admiral Spock, wie man sich während eines solchen Kampfes fühlt.«

Spocks Gesichtsausdruck veränderte sich nicht. »Ihre Frage ist unlogisch, Kadett Wells«, sagte er. »Ich bin Vulkanier. Wie haben unsere Emotionen – unsere Gefühle, wie Sie es ausdrücken – ständig unter Kontrolle. Die menschlichen Emotionen sind anders geartet und gelagert. Daher kann ich Ihnen keine klare Vorstellung davon geben, wie Sie sich während eines Kampfes fühlen werden. Doch ich möchte hinzufügen, daß meine Stimmung bei solchen Auseinandersetzungen stets eine der Enttäuschung war. Jedesmal, wenn zwei intelligente Spezies gegeneinander kämpfen, hat jemand versagt.

Ich rate Ihnen dringend, friedliche Mittel zur Lösung Ihres Problems dem Kampf vorzuziehen.«

Als ein anderer Kandidat eine Frage stellte, drehte Roger Wells sich mit einem Grinsen auf dem Gesicht zu Jean-Luc um. »Ich habe gehört, er sei ein Held, aber ich vermute, er ist einfach alt und weich geworden«, murmelte er. »Na ja, eine Illusion weniger.«

Jean-Luc funkelte ihn an. Er war so wütend, daß er nicht zu sprechen wagte – jedenfalls nicht mit Roger Wells. Statt dessen erhob er sich, um anzuzeigen, daß er eine Frage stellen wollte, doch andere waren vor ihm dran. Schließlich sagte Admiral Silona: »Wir haben noch Zeit für eine letzte Frage.« Er schaute mit zusammengekniffenen Augen in den Saal. Sein Blick traf den Jean-Lucs, und es war fast so, als könne der Admiral Jean-Lucs verzweifelte Gedanken lesen: *Mich! Nimm mich!* »Sie da in der Mitte.« Admiral Silona zeigte auf ihn.

Jean-Luc räusperte sich. »Kadett Jean-Luc Picard. Admiral Spock, Sie haben Erfahrungen gemacht, die uns völlig unbekannt sind, doch irgendwann einmal waren Sie genau wie wir, ein neuer Kadett, dessen ganze Karriere noch vor ihm lag. Wenn Sie an unserer Stelle wären, ganz am Anfang Ihrer Ausbildung… welchen Rat würden Sie am dringendsten hören wollen?«

Spock betrachtete ihn lange. Er legte die Fingerspitzen gegeneinander und schaute über sie hinweg, während er über die Frage nachzudenken schien. Schließlich antwortete er. »Ich würde sagen, mein bester Rat ist dieser: Sehen Sie jede Krise als Gelegenheit an. Glauben Sie niemals, Sie hätten alles ge-

lernt, was Sie wissen müssen. Und wann immer möglich, verwandeln Sie einen Widersacher in einen Verbündeten. Wenn Ihnen das gelingt, werden Sie ein erfolgreicher Starfleet-Offizier sein.«

Das Erlebnis, mit einer Starfleet-Legende gesprochen zu haben, versetzte Jean-Luc in Hochstimmung. Er bekam kaum etwas mit von dem Marsch ins Sonnenlicht hinaus, von der Führung durch die akademischen Zentren, der Verteilung des Stundenplans und den Informationen bezüglich der Registration. In der Kantine achtete er nicht darauf, was er aß, stellte lediglich fest, daß die replizierte Nahrung nicht annähernd so gut war wie die französische Küche seiner Mutter. Und am Nachmittag schienen die Einführungskurse und -vorlesungen einfach an ihm vorbeizufliegen.

Erst später, nach dem Abendessen, setzte die Reaktion ein. Plötzlich wurde ihm klar, daß er nicht mal das hübsche Mädchen nach dem Namen gefragt hatte – eine Schande, denn sie sah wie jemand aus, der einen Freund genauso dringend wie er gebrauchen konnte. Ihm fiel ein, daß er an der Starfleet-Akademie keinen einzigen Bekannten hatte, daß er hier, eine halbe Welt von zu Hause entfernt, niemanden kannte. Und er machte sich wieder wegen der Möglichkeit Sorgen, doch noch zu versagen.

Denn Jean-Luc hatte einen langen und harten Kampf führen müssen, um von der Starfleet-Akademie aufgenommen zu werden. Ein Jahr zuvor war er bei der Aufnahmeprüfung durchgefallen. Dieses Jahr hatte er auf eine Täuschung zurückgreifen müssen, um es erneut zu versuchen, denn sein Vater,

Maurice Picard, war entschieden dagegen, daß er das Weingut verließ, um eine Laufbahn bei Starfleet einzuschlagen. Es bedrückte Jean-Luc, daß er mit seiner Entscheidung die Familie einer beträchtlichen Belastung ausgesetzt hatte, und er war überzeugt, daß das Verhältnis zu seinem Vater nie wieder so werden würde, wie es früher gewesen war. Und nun war er hier, ein Jahr älter als die meisten anderen Kadetten, und er kam sich so auffällig vor wie ein Klingone auf einer vulkanischen Hochzeit.

Es hätte schon geholfen, wenn Jean-Luc auch nur einen richtigen Freund gehabt hätte, dem er sich anvertrauen konnte, aber er war hier ein Fremder. Sein Zimmergenosse, ein dunkelhäutiger junger Mann namens Jomo Nkolo, war höflich, aber distanziert, als lausche er ständig einer Musik, die zu leise war, als daß Jean-Luc sie hören konnte. Ein richtiges Gespräch kam nur während des Abendessens zustande, als Jomo sagte: »Du hast heute morgen eine sehr gute Frage gestellt.«

Jean-Luc lächelte. »Ich wäre fast nicht mehr dazu gekommen, sie zu stellen. Ich bin froh, daß Admiral Silona meine Gedanken lesen konnte: Ich hoffte so sehr, er würde mich aufrufen.«

Jomo nickte und griff nach dem Brot. »Ja, es bringt gewisse Vorteile mit sich, Betazoide zu sein.«

Erneut kam Jean-Luc sich töricht vor. Natürlich – *Silona* war ein betazoidischer Name, und alle Betazoiden waren Telepathen. Vielleicht hatte der Admiral wirklich Jean-Lucs Gedanken gelesen. Wenn er so gut war, dachte Jean-Luc, sollten die Kadetten sehr vorsichtig sein, wenn sie in der Nähe des Direktors waren!

Dann mußte Jomo seinen Minicomputer und Datenpacks abholen, und als er zurückkam, interessierte er sich so stark für die Geräte, daß er keine Lust zu einem Gespräch mehr hatte. Jean-Luc mußte sich am Abend zur medizinischen Untersuchung melden, und obwohl er auf dem Laufband und bei den anderen Tests gute Ergebnisse erzielte, war er erschöpft, als er in das Zimmer im Wohnheim zurückkehrte. Als er und Jomo sich an diesem Abend auf den Zapfenstreich vorbereiteten, wechselten sie kaum mehr als ein Dutzend Worte.

Ihr Zimmer befand sich in einer der obersten Etagen des Newell-Wohnheims, der vorübergehenden

Heimat von über eintausend Kadetten im ersten Jahr. Als Jean-Luc am Fenster stand und in die Dunkelheit hinausschaute, sah er die fernen Lichter von San Francisco und den archaischen, aber bezaubernden Bogen der alten Golden Gate-Brücke, die nun unter Denkmalschutz stand. Alles war fremd und neu, und er hatte ein wenig Angst. »Verdunkeln«, befahl er dem Zimmercomputer, und das Fenster wurde gehorsam undurchsichtig. Er legte sich im Dunkeln aufs Bett. Auf der anderen Seite des Zimmers schnarchte Jomo bereits leise vor sich hin.

Jean-Luc verschränkte die Arme unter dem Kopf, schaute in die leere Dunkelheit und dachte an Admiral Silonas Worte: Einer von drei Kadetten würde die vierjährige Ausbildung nicht durchstehen.

Jean-Luc biß die Zähne zusammen und lächelte freudlos.

Einer von drei.

Na ja, dachte er, *das werden wir ja sehen.*

2

Wann immer Jean-Luc Picard später auf seinen ersten Monat an der Starfleet-Akademie zurückschaute, stellte sich bei ihm der Eindruck ein, er habe tausend Dinge gleichzeitig getan, kaum geschlafen und mit reiner Willenskraft seine geheime Furcht vor einem Versagen vertuscht. Und doch blieb alles verschwommen: Er eilte von einem Kurs zum anderen, nahm an Vorlesungen teil oder lernte am Computer und rannte über die Aschenbahn, als sei jemand hinter ihm her.

Die Aschenbahn war sein großer Trost. Er war ein ausgezeichneter Läufer, und schon in der ersten Woche an der Akademie lud die Junior-Leichtathletikmannschaft ihn ein, sich ihr anzuschließen. Das war ein außergewöhnliches Privileg für einen Kadettenfrischling, und er akzeptierte sofort. Nachdem er es mit Müh und Not an die Akademie geschafft hatte, war Jean-Luc fest entschlossen, bei allem der Beste zu sein.

Leider war er es nicht.

Andere erwiesen sich oft als ein bißchen besser als Jean-Luc. Und nur allzu oft war diese andere Person Roger Wells. Ihr Wettstreit erreichte einen Höhepunkt während einer wichtigen Prüfung in Kontinuum-Verzerrungs-Topologie. Jean-Luc hatte tagelang gelernt, um die teuflisch schwierige Mathematik des vierdimensionalen Raums in den Griff zu bekommen. Kontinuum-Verzerrungs-Topologie war eine Art Geometrie des gekrümmten Raums und der verdrehten Zeit. Die dazu gehörigen mathematischen Gleichungen ermöglichten es einem Raumschiff, während des Warpflugs sicher zu manövrieren, und die Rechenarbeit wurde stets von Computern erledigt.

Das Problem war nur, daß die Starfleet-Kadetten genau verstehen mußten, wie die Computer die Berechnungen durchführten, damit sie sie im Notfall selbst erledigen konnten.

Jean-Luc schwitzte sich gemeinsam mit neunundvierzig anderen Kadetten durch die Prüfung. Sie befanden sich in einem großen Hörsaal, jeder Kadett an seinem Pult, jeder über einen Minicomputer gebeugt, jeder bemüht, mit Raum, Zeit und relativer Geschwindigkeit zu jonglieren, und das mit Gleichungen, die mitunter hundert Zeilen voller Ziffern und Symbolen umfaßten. Gespräche waren nicht erlaubt, und so arbeiteten die Kadetten mit altmodischen Tastaturen, gaben die Informationen ein, speicherten die Daten ab und benutzten den Computer, um die komplizierten Formeln zu entwickeln, die sie eingegeben hatten. Leises Tippen und Klicken erfüllte die Luft und wurde gelegentlich vom Stöhnen eines Kadetten übertönt, der gemerkt hatte, daß er einen Schritt ausgelassen oder bei seinen Berechnungen einen Fehler gemacht hatte.

Jean-Lucs Finger waren schweißnaß, als er die letzte Gleichung der letzten Aufgabe eingab, eine Zeile voller Deltas, Omegas, vulkanischer Sadors und anderer mathematischer Symbole. Mit einem letzten triumphierenden Anschlag führte Jean-Luc das Programm aus. Einen Augenblick später erklang ein Glockenton, und überall im Saal stöhnten Studenten auf. Die Zeit war abgelaufen, die Minicomputer hatten weitere Eingaben unmöglich gemacht. Sofort lief das Bewertungsprogramm an. Innerhalb von ein paar Sekunden würde jeder Kadett die Punktzahl erfahren, die er für die teuflisch schwierige Prüfung bekommen hatte.

Jean-Luc beugte sich vor und schaute auf den in sein Pult eingebauten Bildschirm. Sowohl für Genauigkeit als auch für Schnelligkeit wurden Punkte vergeben. Er war überzeugt, diesmal alle Aufgaben gelöst zu haben...

Dann fiel er in das Stöhnen der anderen ein. Die Punktzahlen leuchteten auf dem Bildschirm auf. Seine Kennziffer, E-A1737, befand sich an zweiter Stelle. Ein anderer Student hatte ihn geschlagen, wenn auch nur um eine halbe Sekunde. Die Kennziffer dieses Studenten lautete E-L1004. Diese Kennziffern waren eigentlich geheim, aber jeder kannte die, die an erster Stelle stand.

Sie gehörte Roger Wells.

»Ja! Eine vier Komma null!« krähte Roger und starrte auf den Schirm. Dann drehte er sich zu Jean-Luc um. »Oh, Picard, herzlichen Glückwunsch für deine drei Komma neun-sieben. Nicht schlecht – für einen Bauern.« Er grinste boshaft.

»Danke, Roger«, gab Jean-Luc trocken zurück. »Es stimmt schon, nicht jeder von uns hat einen Vater im diplomatischen Dienst, der es sich leisten kann, dem Sohn Privatstunden zu bezahlen. Wir halten uns eben so gut über Wasser, wie wir können.«

Die Studenten steckten ihre Minicomputer ein; einige von ihnen sahen dabei wirklich niedergeschlagen aus. Die KVT-Mathematik war die erste große Hürde, die sich vielen Kadetten in den Weg stellte, und der Grund dafür, daß bis zu zehn Prozent der Studenten im ersten Jahr aussortiert wurden.

Roger kam zu Jean-Luc hinüber und versetzte ihm einen Klaps auf die Schulter. »Ich mag Leute, die eine Niederlage verkraften können. Das kann natürlich auch genetisch bedingt sein. Du weißt ja, ich bin ein Nachfahre des Herzogs von Wellington, der deinen Vorfahren in Waterloo einen Strich durch die Rechnung gemacht hat.«

Jean-Luc klemmte den Minicomputer unter den Arm und ging zur Tür, fort von dieser beleidigenden Hand. »Ja, das hast du schon mal erzählt.«

»Na ja, solange du den zweiten Platz belegst, kann es ja nicht ganz so schlimm sein. Obwohl das wahrscheinlich bedeutet, daß du keine Chance hast, in ein Nova-Team berufen zu werden.«

Jean-Luc biß sich auf die Lippe, um seinen Zorn im Zaum zu halten. Der blonde Roger war zwar kein Telepath, hatte aber mit Sicherheit einen Instinkt dafür, wie man einen anderen Menschen wütend machen konnte. »Das werden wir ja sehen.« Während seines Monats an der Akademie war dieser Satz fast zu seinem Motto geworden.

»Sieh es ein«, sagte Roger, während er Jean-Luc hinaus in das milchige Licht eines bewölkten Tages folgte. »Noch nie sind mehr als zehn Kadetten im ersten Jahr in Nova-Teams berufen worden. Dieses Semester haben wir… wie viele… zwölf KVT-Kurse? Ich würde sagen, deine Aussichten sind ziemlich gering, mein Freund.«

»Und ich würde sagen, es hängt davon ab, welche Punktzahlen die anderen Studenten erzielen. Eine vier Komma null ist ungewöhnlich, Roger. Ich wage aber zu behaupten, daß auch eine drei Komma neun-sieben sehr respektabel ist. Vielleicht sind die beiden besten KVT-Studenten zufällig in ein und demselben Kurs.«

»Darauf würde ich nicht wetten«, sagte Roger. »Bis später, Picard.« Er ging davon, und einen Augenblick lang sah Jean-Luc ihm neidisch hinterher.

Roger Wells würde mit der Zeit *vielleicht* ein ausgezeichneter Raumschiff-Captain werden. Ihm stand *vielleicht* eine brillante Karriere bevor. Er würde *vielleicht* die Treue seiner Crew gewinnen.

Aber irgendwie bezweifelte Jean-Luc es. Rogers Vater, ein bedeutender diplomatischer Minister in der Föderationsregierung, hatte es seinem Sohn zu einfach gemacht. Roger hatte sich nichts erkämpfen müssen. Er schien sich nie Sorgen um Punktzahlen oder Kurse zu machen und war mit Sicherheit niemals tagelang immer wieder denselben Unterrichtsstoff durchgegangen, wie Jean-Luc es getan hatte. Und nun dachte er offensichtlich, ein Platz in einem der Nova-Teams sei ihm sicher.

Jean-Luc seufzte. Jeder Kadett im ersten Jahr wünschte sich sehnsüchtig, in ein Nova-Team berufen zu werden. Die wenigen Glücklichen, die es schafften, bekamen einen ersten Eindruck vom Dienst im Weltraum. Sicher, die kleinen Schiffe waren nicht mit Warptriebwerken ausgerüstet und auf Einsätze im Sonnensystem beschränkt, aber an Bord eines Nova-Ausbildungsschiffes bekam man einen viel besseren Eindruck vom Weltraum, als irgendeine Simulation ihn vermitteln konnte. Und die Nova-Kadetten waren auf sich allein gestellt, flogen die Schiffe ohne Einmischung oder Hilfe von Starfleet-Personal; daher stellte es eine besondere Auszeichnung dar, in solch ein Team berufen zu werden, einen Ausdruck des Vertrauens.

Und, um die Wahrheit zu sagen… man konnte sich damit auch brüsten. Nicht, daß Jean-Luc so etwas je getan hätte – jedenfalls nicht so übertrieben wie der eingebildete Roger…

Jemand zerrte an seinem Arm. »Ich habe dreimal hallo gesagt!« beschwerte sich die Stimme eines Mädchens. »Du könntest mir wenigstens antworten.«

Jean-Luc drehte sich um und schaute in die strahlenden Augen des Mädchens, das während Spocks Rede neben ihm gesessen hatte. »Hallo«, sagte er grinsend. »Ich suche schon seit Wochen nach dir.«

Sie zog eine Schnute. »Aber nicht sehr hartnäckig.«

»Nein, ehrlich. Ich habe den ganzen Campus nach dir abgesucht. Ich kenne ja nicht mal deinen Namen.«

»Und du hast nicht daran gedacht«, sagte sie mit einem Ausdruck spöttischer Verzweiflung, »in den Datenbanken nach meinem Bild zu suchen.«

Jean-Luc schlug sich an die Stirn. »Was für ein Trottel bin ich doch! Auf den Gedanken bin ich gar nicht gekommen. Ich hätte mir ja nur sechstausend Fotos ansehen müssen, und eins wäre das von dir gewesen.«

Sie rümpfte die Nase und streckte die Zunge raus. »Erstens hättest du dir nur die der menschlichen

Mädchen ansehen müssen. Das sind nur etwa zweitausend. Zweitens hättest du deinen Computer nach meiner Haar- und Augenfarbe suchen lassen können. Das wären dann nur ein paar hundert gewesen. Aber das war dir wohl immer noch zu anstrengend, Jean-Luc Picard.«

Jean-Luc errötete. »Du hast dir wirklich die Mühe gemacht, meinen Namen herauszufinden?«

Sie lachte. »Das nicht gerade. Weißt du noch, du hast dich identifiziert, als du deine Frage gestellt hast.«

Er fiel in ihr Gelächter ein. »Ich *bin* ein Trottel. Na ja, dann wollen wir uns sofort miteinander bekannt machen. Ich bin Jean-Luc Picard aus LaBarre, Frankreich, Kadett im ersten Jahr und ein absolutes Nervenbündel.«

Sie grinste und streckte die Hand aus. »Marta. Marta Batanides von der Centauri-Kolonie Helene. Ebenfalls im ersten Jahr und nicht mehr ganz das Nervenbündel, das ich am ersten Tag war, dank dir.«

Jean-Luc schaute auf die Uhr am Turm des Studentenzentrums. »Ich habe jetzt Pause«, sagte er. »Wie ist es mit dir?«

»Nichts mehr vor der Nahkampf-Ausbildung. Ich habe eine halbe Stunde Zeit.«

»Dann gehen wir doch etwas essen.«

Die Terrasse des Studentenzentrums bot einen Blick auf den Pazifik, der an diesem bewölkten Morgen dunkelblau war. Eine frische, salzige Brise wehte vom Meer herüber. Jean-Luc und Marta suchten sich einen Tisch, holten sich etwas zu trinken und aßen eine Kleinigkeit. Jean-Luc warf Marta einen fragenden Blick zu. »Du hast gesagt, du wärest dank mir nicht mehr so nervös wie früher. Wie hast du das gemeint?«

Sie zuckte mit den Achseln. »Ach, das liegt einfach nur daran, wie du reagiert hast, als Admiral Silona uns warnte, ein Drittel der Kadetten würde es nicht schaffen. Du hast so zuversichtlich gewirkt, daß ein Teil davon wohl auf mich abgefärbt hat. Auf jeden Fall sind die Kurse nicht so schlimm, wie ich befürchtet hatte. Ich schlage mich besser, als ich es je erwartet hätte. War bei der KVT-Prüfung sogar die beste.«

»Wirklich?«

Sie grinste vor Vergnügen. »Worauf du dich verlassen kannst. Ich habe drei Komma acht-acht Punkte erzielt, null Komma einen Punkt mehr als der Typ mit dem zweitbesten Ergebnis. Ich hab wohl ganz gute Aussichten, in ein Nova-Team berufen zu werden.«

»Tja, ich drücke dir die Daumen.«

Sie nippte an ihrer Himbeerlimonade. »Und wie hast du dich geschlagen?«

»Ich wurde zweiter«, gestand er ein.

Marta betrachtete ihn mitfühlend. »Ach, Jean-Luc, das tut mir leid.«

Jean-Luc wandte den Blick ab; er wollte ihr nicht sagen, daß er in seinem Kurs zwar nur den zweiten Platz belegt, aber trotzdem eine bessere Punktzahl als sie erzielt hatte. »Tja, so ist das nun mal.«

Sie unterhielten sich noch ein paar Minuten lang, und Marta gab eine urkomische Schilderung ihres Flugs von Alpha Centauri zur Erde zum besten. Es war nur eine kurze Reise, nicht mehr als vier Licht-

jahre, aber das Schiff war ein langsamer Handelsraumer voll mit Teenagern von sieben oder acht verschiedenen Spezies gewesen, die eine Tour durch die örtlichen Sonnensysteme machten. Als am zweiten Tag des sechstägigen Flugs die Nahrungsreplikatoren plötzlich der Auffassung waren, alle Passagiere seien ganz verrückt auf klingonisches Essen, wäre fast eine Revolte ausgebrochen. Und als die Ultraschallduschen eine Fehlfunktion entwickelten, die die Haut aller Benutzer hellgrün färbte, herrschte ein einziges Chaos. »Wer diese Reise überstanden hat«, sagte Marta schließlich, »für den müßte die Starfleet-Akademie ein Klacks sein. Oh, mein Kurs fängt gleich an. Können wir uns morgen sehen, Jean-Luc?«

Er verzog das Gesicht. »Ich würde mich freuen, aber leider habe ich mich schon für die Ausscheidungskämpfe des Marathon-Teams gemeldet. Wie sieht es am Wochenende aus?«

»Tut mir leid«, sagte Marta. »Da haben wir vier Tage lang frei, und ich habe meinen Eltern versprochen, daß ich zur Mondstation Kopernikus fliege und meine Großtante Sara besuche. Ich habe sie seit Urzeiten nicht mehr gesehen und kann keinen Rückzieher mehr machen. Dann verschieben wir es einfach auf die nächste Woche, was?«

»Alles klar«, sagte Jean-Luc. Sie verabschiedeten sich, und Jean-Luc ging zur Turnhalle. In der Prüfungswoche ging es beim normalen Unterricht etwas ruhiger zu. Sein Sportkurs fiel heute aus, doch er nutzte jeden freien Augenblick, um zu laufen oder beim Gewichtheben, Schwimmen oder bei leichter Gymnastik etwas Dampf abzulassen.

Er betrat die Turnhalle durch den Vordereingang und ging an ein paar Studenten vorbei, die Basketball und Volleyball spielten. Er hielt auf die Umkleideräume zu, als er eine vertraute blonde Gestalt sah. Roger Wells war auf dem Weg in den Fechtraum.

Jean-Lucs Lippen verzogen sich zu einem Lächeln. Er war in vielen Sportarten gut, am besten aber im Laufen – und Fechten. Als Jean-Luc noch auf der höheren Schule war, war er Captain der europäischen Jugendmannschaft gewesen. Roger betrieb diesen Sport also auch? Nun ja, dann ergab sich jetzt vielleicht die Gelegenheit, ihm einen Dämpfer aufzusetzen. Wenn jemand eine kleine Lektion in Bescheidenheit vertragen konnte, dann Roger Wells.

Jean-Luc ging zum Ausgabeschalter und ließ sich einen Anzug, Schuhe und eine Maske geben. Er bedauerte, daß er sein Florett nicht mitgebracht hatte, erprobte aber ein Dutzend Waffen, bis er sich endlich für eine entschied, die ihm gefiel, ein leichtes, ausgewogenes Rapier, das geradezu perfekt in seiner Hand lag.

Als er den Fechtraum betrat, befand sich nur eine andere Person dort. Es mußte Roger sein, auch wenn sein Gesicht von der Kapuze und Maske verdeckt wurde. Er übte allein und ging die komplizierten Bewegungen und Übungen des schwierigen ellipsianischen Angriffs und der Verteidigung durch.

Jean-Luc ging zu der maskierten Gestalt. »Haben Sie Lust auf ein oder zwei Durchgänge?« fragte er.

Roger drehte sich um, zuckte mit den Achseln, verbeugte sich und trat in den Kreis. Lächelnd schob

Jean-Luc seine Maske und die Kapuze zurecht und machte ein paar Übungsbewegungen. »Ist schon lange her, daß ich das letzte Mal gefochten habe«, sagte er und bemühte sich, bescheiden und aufrichtig zu klingen. »Verzeihen Sie mir bitte, falls ich etwas eingerostet sein sollte.«

Sie kreuzten die Klingen, und dann setzte Roger zu seinem ersten Angriff an, eine einfache Abfolge von Bewegungen, die kaum eine ernsthafte Bedrohung darstellte, sondern nur zum Aufwärmen gedacht war. Jean-Luc parierte mühelos und ripostierte dann mit einem gemeinen Satz vorwärts, mit dem er seinen Widersacher fast überrascht hätte. Sie lösten sich voneinander, und mit deutlich mehr Respekt als zuvor versuchte Roger ein ellipsianisches Gambit, eine komplizierte Abfolge von Stößen und Paraden, die ursprünglich auf einer Welt mit niedriger Schwerkraft entwickelt und dann dem Erdstandard angepaßt worden waren. Nicht viele Fechter konnten einen ellipsianischen Angriff länger als ein paar Minuten durchhalten, bevor sie vor Erschöpfung zusammenbrachen.

Jean-Luc hatte die ellipsianischen Techniken geübt, und seine Ausdauer als Läufer kam ihm nun zustatten. Das Problem bei den ellipsianischen Fechttechniken war, daß die Bewegungen einen unter normaler Erdschwerkraft schnell erschöpften. Doch er riskierte den Zusammenbruch, wehrte Roger Schlag um Schlag ab und griff seinerseits mit Inbrunst an.

Beim dritten Durchgang hatte noch keiner der beiden einen Treffer erzielen können. Jean-Luc schwitzte unter seiner Maske. Salzige Tropfen liefen

ihm in die Augen und behinderten seine Sicht. Das ellipsianische Fechten war eine teuflisch schwere Arbeit, doch wenn Roger sie durchstand, konnte er das auch. Keiner erzielte bei diesem oder beim nächsten Durchgang einen Vorteil, doch als dann Jean-Lucs Ausdauer nachließ, schien sein Gegner die zweite Luft zu bekommen. Er drängte Jean-Luc zurück, und Jean-Luc tänzelte, spielte auf Zeit, hoffte auf einen Fehler seines Widersachers.

Der Stoß, der ihm den Rest gab, kam aus dem Nichts. Jean-Luc keuchte auf, als die abgestumpfte Spitze der Florettklinge hart gegen seine Brust schlug, genau auf das herzförmige Ziel. Er hatte sie nicht kommen sehen und nicht ausweichen können.

»Touché«, sagte eine unbekannte Stimme. Jean-Lucs Gegner hob die Hand, nahm die Maske ab und schob die Kapuze zurück.

Es war gar nicht Roger. Es war ein dunkelblonder, absolut fit aussehender älterer Student, den Jean-Luc noch nie gesehen hatte. »Ich gebe auf«, keuchte er völlig erschöpft.

»Ergeben? Nichts da«, sagte der junge Mann grinsend. »Jean-Luc Picard, Sie sind tot!«

3

Jean-Lucs siegreicher Widersacher nahm die Kapuze ab. Sein fast braunes, in der Mitte gescheiteltes Haar klebte vor Schweiß am Kopf. Er hatte ein langes, schmales, intelligent wirkendes Gesicht, ironische blaue Augen und sah Jean-Luc respektvoll an, als er die Hand ausstreckte. »Sie sind gut, Mister Picard. Haben Sie je daran gedacht, sich dem Fechtteam anzuschließen?«

Jean-Luc gab dem Fremden die Hand. »Ich habe einige Erfolge mit der Schulmannschaft gehabt, aber hier an der Akademie bleibe ich wohl lieber auf der Aschenbahn. Sie sind ...?«

Der ältere Junge stützte sich auf seinem Florett ab und drehte die Klinge. »Ich heiße Tom Franklin. Von nächster Woche an bin ich der neue Captain der Universitäts-Fechtmannschaft. Ich hoffe, Sie überlegen es sich noch anders. Im ersten Jahr wären Sie nur in der Juniormannschaft, aber mit etwas Übung könnten Sie eine echte Verstärkung für das Seniorteam sein.«

»Da bin ich mir nicht so sicher. Ich hätte mit dem Tempo Schritt halten müssen, aber Sie haben mich erschöpft.« Jean-Luc schob die Kapuze zurück und fühlte die Luft kühl auf seinem verschwitzten Gesicht und Nacken. »Ich kann kaum noch mein Florett heben. Sie atmen nicht mal schwer. Kommen Sie von Ellipsias?«

Grinsend schüttelte Franklin den Kopf. »Ich habe eine Weile auf dem Mars gelebt, der eine noch niedrigere Schwerkraft als Ellipsias hat, wurde aber nicht dort geboren. Eigentlich komme ich aus dem Südosten Nordamerikas. In meinen Adern fließt deutsches, irisches und englisches Blut, und auch das der Cherokee. Aber das ist schon vor langer Zeit hinzugekommen.«

»Zwei oder drei Ihrer Vorfahren müssen Fechter gewesen sein«, sagte Jean-Luc. Allmählich konnte er wieder einigermaßen vernünftig atmen. Der ältere Junge hatte ihm wirklich zugesetzt, und nicht einmal seine Kondition als Läufer hatte ihm geholfen.

Franklin ging zum Ausstattungsschalter zurück, an dem sowohl er als auch Jean-Luc ihre Waffen und Kleidung zurückgaben. »Sie sind gut«, sagte der ältere Kadett. »Stellen Sie Ihr Licht nicht unter den Scheffel. Sie haben einfach nicht genug Erfahrung mit exotischen Fechttechniken. Ich dachte, Sie würden einen ellipsianischen Angriff nicht parieren können, war mir aber nicht sicher, ob ich mit Ihrer Kondition mithalten konnte. Dazu ist sehr viel Kraft erforderlich.«

»Sie trainieren die ellipsianischen Techniken wahrscheinlich sehr oft?« fragte Jean-Luc.

»Ja, ich bleibe in Form«, sagte Franklin achselzuckend. »Eigentlich hat mir nicht das Fechten die Kondition verschafft, die ich brauchte, um Sie müde zu machen. Ich versuche mich in einem interessanten Spiel aus der präkolumbianischen Epoche Amerikas. Es ist eine Art Schlagball, ziemlich schnell und kraftraubend. Das Spiel heißt *Toli*. Schon mal davon gehört?«

Jean-Luc gestand ein, daß dem nicht so war. »Schwer zu spielen?«

»Na ja, wie man´s nimmt. Man braucht einen einigermaßen ebenen Platz, zwei Pfosten, die als Tore dienen, und einen unregelmäßig geformten Ball. Und natürlich zwei Teams, die aus Leuten bestehen, die nichts dagegen haben, vor Anstrengung und Belastung den Verstand zu verlieren. Wie gesagt, das Spiel ist hart und schnell und dauert lange. Aber es hilft einem hervorragend dabei, in Form zu bleiben – ohne *Toli* hätte ich die ellipsianischen Manöver nicht durchstehen können. Ich habe ein Team zusammengestellt, und wir fahren gelegentlich zu den Tournieren, die die einheimischen amerikanischen Nationen abhalten.«

Das hörte sich faszinierend an. »Hat die Starfleet-Akademie das Spiel sanktioniert?« fragte Jean-Luc. »Ich habe es in den offiziellen Sportkatalogen nicht gesehen.«

»Nein, wir spielen es in unserer Freizeit«, sagte Franklin.

Jean-Luc lachte. »Was ist das?«

Franklin grinste verständnisvoll. »Etwas, das Sie bekommen werden, wenn Sie das erste Jahr überstanden haben. Wie gesagt, *Toli* findet völlig inoffiziell statt. Ich gebe Ihnen Bescheid, wenn wir das nächste Mal ein Übungsspiel machen. Wenn Sie Zeit haben, können Sie es sich ja mal ansehen und dann überlegen, ob es Ihnen gefällt und Sie es lernen wollen.« An der Tür zu den Duschen neigte Franklin fragend den Kopf. »Übrigens ... warum haben Sie sich angeboten, mit mir zu fechten?«

Jean-Luc seufzte und schüttelte den Kopf. »Um Ihnen die Wahrheit zu sagen, ich habe Sie für einen anderen gehalten. Ich sah, daß Roger Wells zum Fechtraum ging, und habe Sie irrtümlich für ihn gehalten.«

»Ach, der.« Franklin zuckte mit den Achseln. »Er will dem Fechtteam beitreten, und wir haben uns zwei oder drei Mal gemessen.«

»Werden Sie ihn in das Team aufnehmen?« fragte Jean-Luc.

»Ich glaube nicht«, erwiderte Franklin. »Technisch ist er ziemlich gut, aber sein Stil ist nicht mal halb so gut wie der Ihre. Unter uns gesagt, ich hätte Sie viel lieber im Team als Roger Wells. Aber wie dem auch sei, er ist gerade vorbeigekommen, um mir zu sagen, daß er den Durchgang heute nachmittag ausfallen lassen muß. Ich war froh, daß Sie aufgetaucht sind. Damit konnte ich einen anderen Kadetten im ersten Jahr erniedrigen.«

»Freut mich, daß ich zu Diensten sein konnte«, sagte Jean-Luc trocken.

»Es war mir ein Vergnügen. Bis später dann.«

Als sich das lange Ferienwochenende näherte, wurde Jean-Luc immer unzufriedener und verdrossener. Als er sich im September von seinem Vater, Maurice, verabschiedet hatte, war nach einem langen Jahr stürmischer Streitereien das Verhältnis der beiden oberflächlich wieder etwas ruhiger geworden. Aber Maurice' verdrossene gute Wünsche hatten kaum die bittere Enttäuschung verborgen, die er empfunden hatte, als sein Lieblingssohn sich entschlossen hatte, lieber an die Starfleet-Akademie zu gehen, als zu Hause zu bleiben und auf Maurice' geliebtem Weingut zu arbeiten. Jean-Lucs gelegentliche Gespräche mit seinem Vater waren mehr als nur einmal damit ausgeklungen, daß Maurice sich darauf versteifte, sein Sohn würde mit der Zeit seine Entscheidung überdenken und zum Schluß kommen, die Tradition sei wichtiger als Abenteuer im fernen Weltall, und endgültig nach LaBarre zurückkehren.

Nun war Jean-Luc klar, sollte er an dem verlängerten Wochenende nach Hause fahren, würde sein Vater alles daransetzen, ihn zu überreden, seinen Ehrgeiz aufzugeben, die unbekannten Regionen der Galaxis zu erkunden. Jean-Luc wußte genau, wie die Sache laufen würde: Zuerst würde Maurice dumme Witze reißen, dann würde er ihn zu überreden versuchen, dann würde er herumschreien, und schließlich würde alles mit einem heftigen Streit enden. Jean-Luc würde sich weigern, die Ausbildung an der Akademie abzubrechen, Maurice würde explodieren, und Jean-Luc würde wütend zur Akademie zurückfliegen, ohne noch einmal mit ihm gesprochen zu haben. Jean-Luc konnte es sich genau vorstellen.

Schließlich kam Jean-Luc zum Schluß, daß er noch nicht bereit war, erneut das Risiko einer solchen Konfrontation einzugehen. Statt nach Hause zu fliegen, begab er sich in eine private Holofon-Kabine und rief seine Mutter zu einer Zeit an, zu der sein Vater auf dem Weinberg arbeitete.

Sie sah ein wenig zerzaust aus – in der Erntezeit war stets viel zu tun, und selbst Yvette Picard merkte man die Hektik an, auch wenn sich nur ein paar Strähnen ihres Haars gelöst hatten. Als sie sah, wer anrief, hellte ihr Blick sich sofort auf. »Jean-Luc! Wie schön, dich zu sehen.«

»Hallo, Mutter«, sagte er. Nun, da er sie vor sich sah, wie sie am Schreibtisch im Büro seines Vaters saß – der einzige Raum im Haus, in dem der unerträglich altmodische Maurice ein Computerterminal und ein Holofon duldete –, wurde ihm ein wenig schwer ums Herz. Allein ihr Anblick und das, was er hinter ihr von dem Zimmer sah, genügten, um Heimweh in ihm auszulösen.

»Warum rufst du an? Ist alles in Ordnung mit dir?« fragte sie mit Besorgnis in der Stimme.

Er lächelte, versuchte, ruhig und zuversichtlich zu wirken. »Natürlich. Man hält mich hier auf Trab, aber ich denke sehr oft an dich. Ich vermisse dich.«

»Du siehst nicht gut aus«, erwiderte Yvette mit ihrem Ich-bin-deine-Mutter-Tonfall. »Du siehst sogar völlig erschöpft aus. Du hast Ringe unter den Augen.«

Jean-Luc lachte. »Mutter, hier ist es zwei Uhr morgens.«

Yvette schaute schockiert drein. »Zwei Uhr! Du solltest schon längst im Bett liegen. Ihr habt doch sicher einen Zapfenstreich …«

»Ja«, sagte Jean-Luc. »Normalerweise schon. Aber morgen fängt ein verlängertes Wochenende an, und in den nächsten Tagen nimmt man es mit den Vorschriften nicht so genau. Ich kann morgen so lange schlafen, wie ich will, also mach dir keine Sorgen um mich.«

Yvette seufzte. »Du hast zu dieser Tageszeit angerufen, weil du wußtest, daß dein Vater im Weinberg ist, nicht wahr?«

Jean-Luc schüttelte den Kopf, lächelte aber dabei. »Du kennst mich ganz genau, Mutter.«

»Er würde gern mit dir sprechen«, sagte Yvette. »Er vermißt dich schrecklich.«

»Ich vermisse ihn auch«, erwiderte Jean-Luc. »Und Robert und Louis und alle im Dorf. Aber am meisten dich. Ist Vater ... ist er glücklich?«

Yvettes Gesichtsausdruck wurde ernst. »Ja«, sagte sie leise. »Ja, ich glaube schon. Er hat doch noch zugestimmt, daß Robert nach Alkalurops fliegt. Und obwohl er schrecklich viel zu tun hat, liebt er seine Arbeit. Er ist wahrscheinlich sogar ein wenig stolz darauf, daß er sich eine Weile allein um das Weingut kümmern muß.«

»Ich freue mich für Robert«, sagte Jean-Luc. Sein Bruder hatte die wunderbare Gelegenheit, zu einem fernen, landwirtschaftlich genutzten Planeten zu fliegen, der an sich fast schon eine landwirtschaftliche Universität war, und dort Weinanbautechniken zu studieren. Jean-Luc hatte befürchtet, durch seinen Entschluß, trotz der entschiedenen Einwände seines Vaters an die Starfleet-Akademie zu gehen, hätte er Robert jede Chance genommen, diese Reise zu unternehmen. »Nun«, sagte Jean-Luc nach einer Pause, »was gibt es Neues, Mutter? Ich will alles wissen, was passiert ist!«

Fast eine Stunde lang unterhielten sie sich, dann mußte Yvette das Gespräch beenden. Es war an der Zeit, Maurice das Essen zuzubereiten, und wie immer kochte sie selbst und benutzte keine Replikatoren oder andere moderne Annehmlichkeiten.

»Leb wohl, mein Sohn«, sagte Yvette liebevoll. »Und achte bitte darauf, daß du genug Schlaf bekommst.«

»Das werde ich«, versprach Jean-Luc. »Was kochst du? Nein, warte, sag's mir nicht. Wenn ich an dein wunderbares Essen denke, bringe ich es nicht über mich, an der Akademie zu bleiben.«

»Du bist genau wie dein Vater«, sagte Yvette lachend. »Er schmeichelt mir auch immer. Aber es gibt nur ein ganz normales Mittagessen, nichts Besonderes.«

»Das ist Ambrosia, verglichen mit dem, was sie hier servieren. Nimm mich beim Wort.«

Sie verabschiedeten sich, und Jean-Luc ging kurz vor drei Uhr morgens zu Bett – oder 0300 Uhr, denn er dachte bereits in den Zeitbegriffen der Akademie. Er träumte, er sei wieder zu Hause in dem Weinberg, und die Mahlzeit, die seine Mutter in dem Traum gekocht hatte, war die beste, die er jemals gegessen hatte.

Er erwachte spät am nächsten Morgen und sprang voller Panik aus dem Bett, bevor ihm wieder einfiel, daß Feiertag war. Er fühlte sich besser, aber immer noch einsam. Und die Erinnerung an den Traum bewirkte, daß er einen richtigen Heißhunger hatte. Jean-Luc aß in der Kantine für die Kadetten im ersten Jahr zu Mittag. Es war seltsam, fast allein in dem großen Raum zu sitzen. Nur einige wenige Kadetten waren auf dem Campus geblieben – ein paar Außerirdische, Vulkanier und Andorianer, ein paar Betazoiden und Angehörige vielleicht eines Dutzends anderer Spezies, die in kleinen, exklusiven

Gruppen und weit verstreut an den Tischen saßen. Die einzigen anderen menschlichen Kadetten waren die abgehärmten, verzweifelten Kämpfer, die jeden freien Augenblick nutzten, um zu pauken, zu büffeln und zu üben. Obwohl das Semester gerade erst angefangen hatte, sahen sie schon müde aus. Jean-Luc vermutete, daß kurz über lang die meisten von ihnen aufgeben, die Ausbildung abbrechen und verschwinden würden.

Es war ein deprimierender Gedanke, und er wollte mit niemandem darüber sprechen. Er kannte auch nur wenige der zurückgebliebenen Kadetten und konnte keinen von ihnen als Freund bezeichnen. Er und sein Zimmergenosse Jomo hatten sich ein wenig miteinander angefreundet, doch der war zu einem Kurzbesuch nach Hause geflogen, und so war Jean-Luc allein und rastlos. Nach dem Essen unternahm er einen Spaziergang über den Campus. Es war ein strahlender, windiger Tag, nicht kalt, aber kühl, und er schritt mit gesenktem Kopf aus und roch die leicht salzige Meeresluft. Vor ihm wurde ein Stück Papier über den Weg geweht, und ohne stehenzubleiben, bückte Jean-Luc sich und hob es auf.

Es war nur eine dahingekritzelte Notiz über irgendein Thema, über das ein Kadett im dritten oder vierten Jahr in den Bibliotheksdateien nachlesen wollte. Der Student hatte es wahrscheinlich fallenlassen, ohne es überhaupt bemerkt zu haben. Jean-Luc zerknüllte den Zettel und warf ihn in einen Recycler.

»Sie wissen, was sich gehört!«

Jean-Luc drehte sich überrascht um. Jemand

kniete ein Stück hinter ihm neben dem Weg, ein schmaler, weißhaariger Mann, der einen einfachen grauen Overall und Handschuhe trug. Neben seinen Knien stand eine große rote Gießkanne am Rand des Weges. Mit einer Pflanzkelle hob er ein Loch im Boden aus, und neben ihm lag ein Dutzend Rosenpflanzen mit kurzen, kahlen Zweigen, die Wurzeln von Erdballen umgeben. Der Mann zeigte mit der Kelle auf den Recyclingbehälter. »Ich mag ordentliche Kadetten. Besonders die, die sich die Mühe machen, die Abfälle von anderen aufzuheben.«

Jean-Luc ging zu ihm. »Mein Vater konnte es auch nicht leiden, wenn man Abfälle einfach zurückläßt«, sagte er. »Mein Bruder und ich können sie einfach nicht liegenlassen. Was für Rosen sind das?«

»Pariser«, erwiderte der Mann. »Eine Züchtung der Akademiegärtner. Eine sehr interessante Rose, eine klare rosafarbene Kreuzung mit durchsichtigen Blütenblättern. Sie riechen auch gut.« Er hielt den Kopf schräg und schaute blinzelnd zu Jean-Luc hoch. »Warum lassen Sie sich nicht mal die Haare schneiden?«

Jean-Luc fuhr, plötzlich schuldbewußt, mit der Hand durch sein dichtes braunes Haar. Es war seit den ersten Septembertagen etwas struppig geworden. »Ich hatte noch keine Zeit. Ich bin Kadett im ersten Jahr. Jean-Luc Picard.«

»Nennen Sie mich Boothby«, sagte der Mann. »Ich bin hier Gärtner seit… na ja, ist auch egal, seit wann. Sagen wir einfach, daß ich schon eine Weile hier bin.« Er nahm einen der Setzlinge und drückte ihn in das Loch, das er gegraben hatte. Jean-Luc hatte den Eindruck, daß die Kuhle vielleicht etwas zu klein war.

»Ist das Loch groß genug?« fragte er.

»Ist es das etwa nicht?«

Jean-Luc zuckte mit den Achseln. »Na ja, mit Rosen kenne ich mich nicht aus, aber mein Vater hat mich ein paar hunderttausend Weintrauben pflanzen lassen. Er hätte mich niemals mit einem so kleinen Loch davonkommen lassen.«

Boothby zog den Rosensetzling wieder heraus und hielt Jean-Luc die Kelle hin. »Bitte sehr. Ich bin immer bereit, etwas zu lernen. Zeigen Sie mir, wie Sie es machen würden.«

Jean-Luc kniete nieder und machte sich an die Arbeit. Die Erde ließ sich leicht ausheben, und der schwere, lehmige Geruch erinnerte Jean-Luc an lange Nachmittage, die er auf dem Weinberg verbracht hatte. Schon bald hatte er ein Loch mit dem doppelten Durchmesser dessen gegraben, das Boothby ausgehoben hatte. Jean-Luc hockte sich hin und brummte zufrieden. »Na also«, sagte er. »Wäre es Wein, würde ich es jetzt angießen ...«

Boothby zeigte auf die Gießkanne. »Sie ist voll. Bedienen Sie sich ruhig.«

Jean-Luc hob die schwere Gießkanne hoch und goß ein paar Zentimeter Wasser in die Kuhle, die er ausgehoben hatte. Dann griff er nach dem Setzling, setzte den Wurzelballen in die Mitte der kleinen Pfütze und drückte die lockere Erde gegen die Wurzeln. Boothby half ihm, drückte die Erde hinab und zog versuchsweise am Stil, um sich zu überzeugen, daß er fest eingepflanzt war. »Genau richtig«, sagte er. »Genug Platz, damit die

Wurzeln sich ausbreiten können, und viel Halt für den Stil.«

Jean-Luc lachte. »Sie wollten den Busch gar nicht in das kleine Loch pflanzen. Sie haben mich auf die Probe gestellt.«

»Und Sie haben bestanden. Nicht viele Kadetten wissen etwas über Pflanzen und ihre Bedürfnisse. Sie haben gute Arbeit geleitet, Mister Picard.«

»Danke, Sir.«

Boothby schnaubte. »Nennen Sie mich nicht ´Sir´. Ich bin kein Starfleet-Offizier. Ich arbeite für meinen Lebensunterhalt. Einfach nur Boothby, das genügt.« Er richtete sich auf und streckte sich. »Wenn man Sie mit dieser kleinen Aufgabe betraut hätte ... wo würden Sie die nächste Rose pflanzen, Mister Picard?«

»Einfach Jean-Luc, das genügt.« Er zeigte mit der Kelle auf den Boden. »Dort.«

»Ganz meine Meinung. Also los.«

Gemeinsam pflanzten sie ein ganzes Rosenbeet, einen dreieckigen Keil zwischen drei Wegen. Als sie fertig waren, trat Boothby zurück, betrachtete ihr Werk lange und nickte dann anerkennend. »Wenn Sie Ihren Abschluß machen, wird das hier eine wunderbare Ecke sein. Wenn Sie als Commander zurückkommen, um vor den Kadetten im ersten Jahr eine Rede zu halten, können Sie sie beeindrucken, indem Sie sagen, Sie hätten dieses Beet angepflanzt.«

»Falls ich jemals den Abschluß mache«, sagte Jean-Luc verdrossen.

»Erkenne ich da einen ganz gewaltigen Anfängerbammel?« fragte Boothby.

»Schlimmer als das.«

»Tragen Sie die Gießkanne. Ich bin ein genauso guter Zuhörer wie Gärtner – und ich bin zufällig ein ganz toller Gärtner. Kommen Sie mit, helfen Sie mir bei ein paar anderen Aufgaben und erzählen Sie mir alles.«

Jean-Luc half Boothby an diesem Tag bei einem halben Dutzend weiterer Routinearbeiten und stellte zu seiner Überraschung fest, daß er dem alten Mann gegenüber (denn mittlerweile hielt er Boothby für ziemlich alt) mit einer Offenheit sprach, die er bei seinem Vater nie zustande gebracht hatte. Er erzählte von seinem Bruder Robert, von seiner Mutter Yvette, aber am meisten vom starrköpfigen, stolzen Maurice.

Er gestand sogar ein, beim ersten Versuch bei der Aufnahmeprüfung durchgefallen zu sein – etwas, das er keinem anderen gegenüber erwähnt hatte, das sein dunkelstes Geheimnis war. Die ganze Zeit über nickte Boothby nur, schaute nachdenklich drein und bot ihm keinen einzigen Ratschlag an.

»Also«, schloß Jean-Luc am Ende des Tages, »ist das wirkliche Problem wahrscheinlich, daß ich Angst vor dem Versagen habe. Ich war immer der Beste. Beim Laufen, im Debattierklub, bei der Abschiedsrede. Aber jetzt ist da dieser Roger Wells. Er wird immer besser sein als ich, und er wird es mich immer spüren lassen. Das kann ich nur schwer verkraften.«

Boothby verschloß den Schuppen, in dem sie die Werkzeuge verstaut hatten. »Na ja«, sagte er, »Sie haben mich nicht um Rat gefragt, also werde ich Ihnen auch keinen geben. Aber ich werde Ihnen sagen, daß diese Rosen, bei denen Sie mir geholfen

haben, in Frankreich nicht überleben würden. Komisch, daß man ihnen einen französischen Namen gegeben hat. Aber sie sind für diesen Boden und dieses Klima geschaffen. Und das gilt für jedes Lebewesen, Jean-Luc. Bei jeder Pflanze liegt der Schlüssel zum Erfolg darin, daß sie den richtigen Boden und das richtige Klima findet. Danach ist alles andere ganz einfach.«

Jean-Luc starrte ihn an. »Was?«

»Denken Sie darüber nach. Lassen Sie sich etwas Zeit. Sie sind noch jung. Sie haben noch Ihr ganzes Leben vor sich.« Boothby hielt inne. »Habe ich ein Klischee ausgelassen?«

Jean-Luc lachte. »Wie wäre es mit: Als ich in Ihrem Alter war?«

Boothby musterte ihn lange. »Nein. Ich glaube nicht, daß ich je in Ihrem Alter war, Jean-Luc. Ich wurde ein paar Jahre älter geboren, als Sie jetzt sind. Tut mir leid.« Sie kamen zu einer Abzweigung des Weges. Boothby schaute in den Abendhimmel hinauf. Die Sonne ging unter, die Dämmerung senkte sich. »Wie ich gehört habe, wird die Zusammensetzung der Nova-Teams dieses Jahr sehr interessant sein«, sagte er. »Viel Glück, wenn Sie sich einem anschließen, Jean-Luc.«

»Falls ich in eins berufen werde«, sagte Jean-Luc. »Sie wissen nicht, wie groß die Konkurrenz ist.«

»Das stimmt. Woher soll ich das auch wissen? Ich bin nur der Gärtner.«

»Nein, so habe ich das nicht gemeint. Ich ...«

»Ich bin nicht beleidigt«, sagte Boothby. »Aber ich höre so einiges. Bei guten Zuhörern ist das nun mal so. Viel Glück, Jean-Luc.«

Ihr Händedruck war ein wenig schmutzig, aber als Jean-Luc in sein Wohnheim zurückkehrte, fühlte er sich besser als seit langem. Was auch geschehen mochte, er schien auf dem Campus der Akademie doch zumindest einen Freund zu haben.

Also war er doch nicht allein.

4

Das viertägige Wochenende klang allmählich aus. Jean-Luc hatte den Eindruck, daß es eher vierzehn Tage gedauert hatte. Es war ihm nicht gelungen, auch nur annähernd so viel zu lernen, wie er beabsichtigt hatte.

Aber er mußte eingestehen, daß es ihm in mancher Hinsicht besser ging. Er und Marta lernten nun gelegentlich gemeinsam, und außer seinem Zimmergenossen Jomo machte er sich allmählich auch ein paar andere Freunde an der Akademie. Er war sogar imstande, sich gelegentlich etwas zu entspannen, und fand heraus, daß er aufgrund seines Talents für Kartenspiele ziemlich beliebt war. Das überraschte ihn; er hatte seine diesbezüglichen Fähigkeiten immer als gegeben hingenommen. Vielleicht hatte er ein Gen geerbt, das ihn zum Kartenhai machte – sowohl Maurice als auch Robert spielten begeistert Bridge und Poker. Wie dem auch sei, an den seltenen Abenden, an denen Jean-Luc sich entspannen konnte, erwarb er sich allmählich einen Ruf als geschickter, umsichtiger Bridgepartner.

Ein paar Tage nach dem langen Wochenende kehrte Jean-Luc nach einer für ihn hervorragend gelaufenen, gnadenlosen Partie Bridge in der Studentenlounge erschöpft und hundemüde auf sein Zimmer zurück. Er gähnte, bis sein Kinn knackte, und murmelte seinem Zimmergenossen kaum einen Gruß zu. Jomo, der auf seinem Bett lag und ein Buch las, das er auf seinem Minicomputer aufgerufen hatte, schaute grinsend hoch. »Sieh an, sieh an«, sagte er. »Heil dem siegreichen Helden. Herzlichen Glückwunsch, Kumpel. Gut gemacht.«

In Hosen und Unterhemd verbeugte Jean-Luc sich übertrieben. »Danke, vielen Dank, mein schmachtendes Publikum. Darf ich nun fragen, warum man mir gratuliert?«

»Du weißt es nicht?« Jomo sprang lachend aus dem Bett. »Du sprichst seit Wochen von nichts anderem, und du weißt es wirklich nicht?«

Jean-Luc warf sich auf sein Bett. »Offensichtlich nicht«, sagte er, »aber wenn du ein großes Geheimnis daraus machen willst, nur zu.«

Jomo rief etwas auf seinem Minicomputer auf. »Es steht am Schwarzen Brett. Um siebzehn Uhr haben sie es bekannt gegeben, und du wüßtest es, wenn du deine Zeit nicht mit diesem dummen Spiel verschwendet hättest. Warte eine Sekunde, ich hab es gleich … da. Lies es und weine nicht, du Glückspilz.«

Jean-Luc nahm den Computer, den Jomo ihm reichte. Auf dem Bildschirm erschienen die üblichen Bekanntmachungen, Erklärungen und Hausaufgabenpläne der einzelnen Kurse. Stirnrunzelnd las Jean-Luc weiter, bis er über eine Zeile stolperte: »Nova-Kommando-Teams bekanntgegeben.«

Mit zitternden Fingern berührte Jean-Luc den Bildschirm, um die Überschrift zur vollständigen Mitteilung zu erweitern. Sie füllte sofort das Display aus:

Nova-Kommando-Teams bekanntgegeben
Die folgenden Kadetten wurden zu den Nova-Ausbildungsflügen berufen. Sie werden innerhalb der nächsten zwei Tage weitere Befehle erhalten.

Jede Menge Kadetten im dritten und vierten Jahr… dann eine kürzere Liste von denen im ersten und zweiten Jahr… ah, ja, da stand es! Jean-Lucs Herz machte einen Satz. Sein Name funkelte ihn auf dem Bildschirm an. »Ich habe es geschafft«, flüsterte er.

»Noch einmal herzlichen Glückwunsch. Ich beneide dich – obwohl mir völlig klar war, daß ich dieses Jahr nicht den Hauch einer Chance hatte. Na ja, falls ich diese Physik je verstehen sollte, vielleicht nächstes Jahr.«

Jean-Luc setzte sich auf sein Bett. Er las die Liste noch einmal und ein drittes Mal durch. Er hatte es geschafft. Da stand auch Martas Name – er grinste töricht, als er ihn las –, und seine gute Laune wurde nicht mal verdorben, als er sah, daß auch Roger Wells auf der Liste stand. Insgesamt nur sechs Kadetten aus dem ersten Jahr, und er war einer davon!

Er sprang vom Bett hoch und lief auf den Gang. »Ich habe es geschafft!« rief er. »Ich bin in einem Nova-Kommando-Team!«

In den Zimmern des Wohnheims erklangen verwirrte Stimmen: »Wer brüllt da so?«

»Du Glückspilz!«

»Laß mich in Ruhe!«

Dann eine Stimme, die lauter als alle anderen war: »Das ist Jean-Luc Picard, der Kartenhai. Wir sind überglücklich, Jean-Luc. Aber jetzt laß uns schlafen!«

An einem kühlen Freitagmorgen meldeten die Kadetten des Nova-Kommandos sich im Clarke-Konferenzzentrum, in dem sie einen kleinen Hörsaal füllten. Jean-Lucs Aufregung hatte sich in den Tagen seit der Bekanntgabe kaum gelegt, und er kam viel zu früh, betrat den Saal im Kielwasser vier ernster Kadetten im vierten Jahr, zwei davon Vulkanier. Jean-Luc lauschte ihren emotionslosen Kommentaren über die Wahrscheinlichkeit, sich durch die Berufung ins Nova-Kommando wertvolles Wissen aneignen zu können. Er mußte gegen ein dummes Grinsen ankämpfen.

Als Jean-Luc an der Tür stehen blieb, entdeckte er eine bekannte Gestalt. Er ging zu ihr und sagte: »Hallo, Mister Franklin. Darf ich mich zu Ihnen setzen?«

Der dunkelblonde Fechter schaute lächelnd hoch. »Ah, Mister Picard. Sie dürfen sich nur setzen, wenn Sie mich Tom nennen und ich Sie Jean-Luc nennen darf. Herzlichen Glückwunsch, daß du es dieses Jahr ins Nova-Team geschafft hast – das gelingt nicht vielen von euch Frischlingen. Hast du über das Fechten nachgedacht?«

Lachend nahm Jean-Luc auf dem Stuhl neben Franklin Platz und drehte sich sofort, um den Eingang im Blickfeld zu behalten. »Ich werde eine Weile keine Zeit zum Fechten oder Laufen haben. Hoffentlich verliere ich nicht meinen Platz im Marathon-Team. Zwei Wochen im Weltraum, und wir müssen in unseren Kursen auf dem laufenden bleiben.« Als ein paar Kadetten hereinkamen, reckte Jean-Luc den Hals.

Franklin drehte sich um und sah ebenfalls hin. »Was ist los?«

»Nichts. Ich erwarte nur jemanden, das ist alles.«

»Wie du dahin gestarrt hast«, sagte Franklin kichernd, »dachte ich schon, die denebianischen Schleimteufel hätten uns überfallen. Nach wem suchst du?«

Jean-Luc lächelte verlegen. »Na ja, ich kenne zwei der anderen Kadetten im ersten Jahr. Äh, Roger Wells und Marta Batanides. Ich dachte, vielleicht wollen sie sich zu uns setzen, das ist alles.« Er wollte nicht eingestehen, daß er vielmehr hoffte, Marta würde allein kommen. Am Tag nach der Bekanntgabe hatten sie gewissermaßen ein Rendezvous gehabt – oder zumindest gemeinsam zu Abend gegessen, um zu feiern, daß sie beide es ins Nova-Team geschafft hatten. Aber Jean-Luc wollte kein Pech heraufbeschwören, indem er von Marta erzählte. Und er wollte auch nicht über Roger sprechen, und so versuchte er, das Thema zu wechseln. »Äh… worauf haben Sie sich eigentlich spezialisiert, Mister… ich meine, Tom?«

»Computersysteme und Künstliche Intelligenz«, sagte Franklin. »Ich hoffe, die wissenschaftliche Ausbildung abschließen zu können und als Analytiker und Datenspezialist auf ein Deep-Space-Forschungsschiff versetzt zu werden. Und du?«

Jean-Luc schüttelte den Kopf. »Tja, da wir uns erst nach der Hälfte des zweiten Jahrs entscheiden müssen, habe ich noch keine Fachrichtung eingeschlagen. Aber ich tendiere auch zur Wissenschaft, ich bin ziemlich gut in Mathe und Physik. Ich habe mich aber einfach noch nicht ent… he, da ist Marta.« Er stand auf und winkte.

Die dunkelhaarige Marta sah ihn, winkte zurück,

eilte zu ihm und nahm neben ihm Platz. Jean-Luc stellte sie Tom Franklin vor, und die beiden hatten sich gerade begrüßt, als Roger Wells hereinkam und laut über irgend etwas prahlte.

Marta verdrehte die Augen. »Was für ein Egozentriker«, flüsterte sie Jean-Luc zu.

Jean-Luc fiel ein, wie er im Gang vor seinem Zimmer im Wohnheim herumgebrüllt hatte, und errötete bis an die Haarwurzeln. Zu seinem Glück trat in diesem Augenblick ein schlanker, fit aussehender Mann ans Pult und bewahrte ihn davor, Marta eine Antwort geben zu müssen.

»Guten Morgen, Kadetten«, sagte der Neuankömmling. Er trug die Uniform eines Starfleet-Captains im aktiven Dienst. Er hatte eine breite Stirn, ein schmales Gesicht, funkelnde blaue Augen und einen wirren, weißen Haarschopf. »Ich bin Captain W.G. Page und werde Ihr kommandierender Offizier sein, solange Sie dem Dienst beim Nova-Kommando zugeteilt sind. Zuerst möchte ich Ihnen gratulieren, daß Sie es geschafft haben, in das Team aufgenommen zu werden. Sie alle haben außergewöhnliche Fähigkeiten bewiesen und sollten stolz auf Ihre Leistung sein. Zweitens möchte ich Sie warnen, daß die Nova-Kommando-Teams harte Arbeit bedeuten – aber daran müßten Sie sich mittlerweile ja gewöhnt haben.«

Captain Page fuhr mit der Anweisung fort, daß die Kadetten sich am nächsten Morgen an den Landeflächen der Shuttles zu melden hatten. Sie würden in dreißig Flugteams mit jeweils fünf Mitgliedern aufgeteilt werden – die Minimalbesatzung eines Nova-Ausbildungsschiffs bestand aus fünf

Personen. Die Teams würden von der Akademie zur Bradbury-Orbital-Basis geflogen werden, einer Raumstation in der Marsumlaufbahn, wo sie sich einem einwöchigen Simulationstraining unterziehen mußten. Dann würde jedes Team die Befehle für eine echte Mission bekommen, und sie würden allein fliegen, ohne direkte Hilfe von Starfleet-Personal. Nach der Mission würden sie in einer zweitägigen Besprechung einschätzen, was sie bei dem Einsatz gelernt hatten.

»Danach«, kam Captain Page zum Schluß, »werden Sie nach San Francisco zurückkehren, wo Sie einen Tag frei haben werden, bevor Sie Ihr Studium fortsetzen werden. Und ich bin sicher, alle werden bei ihren jeweiligen Kursen auf dem laufenden sein.«

Jemand kicherte, und der Captain betrachtete den unglücklichen Kadetten stirnrunzelnd. »Oh, das kommt Ihnen komisch vor, Mister Redderly? Von jetzt an«, sagte er mit trockener Stimme, »werde ich darauf achten, es Ihnen zu sagen, wann ich einen Scherz gemacht habe.«

»Das ist sagenhaft«, flüsterte Marta Jean-Luc zu.

Jean-Luc konnte nur nicken. Vor ihnen schwebte das Hologramm eines Nova-Kommando-Trainingsraumschiffs im Maßstab 1 zu 2. Es war ein schlanker kleiner Raumer, mit einer kleinen Triebwerksgondel und einer halbkreisförmigen Kommando- und Quartiersektion. Das Hologramm ließ das kleine Schiff in einem strahlenden Weiß glänzen, abgesehen von der Registrationsnummer und dem Namen – in diesem Fall *Aldebaran* –, die in roten Ziffern und Buchstaben achtern auf dem Bug standen. Es sah ein wenig aus wie ein raumtauglicher Stachelrochen.

Captain Page sprach in die Dunkelheit und beschrieb die Eigenschaften des Ausbildungsschiffes. »Bei dem Triebwerk handelt es sich um ein serienmäßiges Stevens-Korrekturtriebwerk mit einer Höchstgeschwindigkeit von null Komma fünf Warp«, sagte er. »Ihnen fällt vielleicht auf, daß der Entwurf des Nova-Schiffs dem der mineralogischen Scoutschiffe sehr ähnlich ist, mit denen in anderen Systemen Asteroidenfelder untersucht werden. Es verfügt über einen starken Bugschild, damit die Kadetten vor Zusammenstößen verschont bleiben. Ansonsten unterscheidet das Ausbildungsschiff sich von einem Scout praktisch nur in der Hinsicht, daß der Scout eine Höchstgeschwindigkeit von Warp zwei Komma null hat. Sie müssen jedoch nicht überlichtschnell fliegen, denn keiner von Ihnen wird das Sonnensystem verlassen – hoffen wir zumindest.« Er hielt inne. »Das war ein Scherz.«

Alle lachten pflichtschuldig.

»Sir?« fragte eine Stimme, die Jean-Luc als die von Roger Wells erkannte. »Die Scoutschiffe sind mit einem Phaser bewaffnet, um Asteroiden zerstören zu können. Wie ist es mit den Ausbildungsschiffen?«

»Wir wollen nicht, daß Sie unsere Asteroiden zusammenschießen, Kadett«, sagte der Captain. »Keine Bewaffnung. Und es interessiert Sie vielleicht, daß die Scoutschiffe ihre Phaser im allgemeinen nur benutzen, um Asteroiden zu zerlegen, nicht um sie zu zerstören. Manchmal muß man einen

Asteroiden aufschneiden, um festzustellen, woraus er besteht.«

Das Hologramm verwandelte sich in eine Rißzeichnung des Ausbildungsschiffs. »Doch Sie werden feststellen«, fuhr der Captain fort, »daß die Nova-Klasse über ein oder zwei moderne Annehmlichkeiten verfügt. Sie ist sowohl mit Attraktor- als auch Repulsor-Traktorstrahlen ausgestattet, damit Sie notfalls einen Asteroiden aus dem Weg schieben können, Mister Wells.« In der Rißzeichnung erhellte sich ein kleinerer Bereich hinter der Kommandobrücke. »Und hier haben Sie einen Transporter für maximal drei Personen.«

Dann zeigte er ihnen die Stationen an Bord des Schiffes. Der mittlere Sessel war natürlich der des Captains. Und bevor Roger fragen konnte, führte Captain Page aus, daß es sich dabei jeweils um einen Kadetten im vierten Jahr handeln würde. Der Erste Offizier saß links vom Captain und war für den Transporter, den Traktorstrahl und die Lebenserhaltung verantwortlich. Hinter dem Captain und rechts von ihm befand sich die wissenschaftliche Station. Der wissenschaftliche Offizier würde gleichzeitig als Astronavigator fungieren. Links von dieser Station befanden sich die Computer und das Kommunikationszentrum. Und wiederum links davon lagen die technische Station und das Navigationspult, von dem aus der Bordingenieur das Schiff steuerte.

»Obwohl einer von Ihnen jeweils der Captain sein wird«, fuhr Captain Page fort, »erinnere ich Sie daran, daß Sie alle Teil eines Teams sind. In den nächsten beiden Wochen werden Sie Ihre Teamangehörigen sehr gut kennenlernen. Sie werden ihnen vertrauen und sich auf sie verlassen müssen, und das gilt auch umgekehrt. Denken Sie daran, das Weltall ist ein sehr kalter und dunkler Ort, der keinen Fehler verzeiht. Ein Irrtum da draußen könnte Ihr eigenes Leben und das Ihrer Freunde kosten. Und das, Kadetten, war kein Scherz.«

Niemand lachte.

Marta Batanides und Jean-Luc schlenderten durch den Golden Gate-Park und betrachteten die Brücke, an der zahlreiche Perlenschnüre zu leuchten schienen. Jean-Luc atmete tief die feuchte, kühle Luft ein. »Ich habe heute zum erstenmal seit Semesteranfang den Campus verlassen.«

»Im Theater im Bay Center wird heute abend eine Operette gespielt. Wollen wir hingehen?«

»Was für eine?«

»Ein Klassiker. Gilbert und Sullivans *H.M.S. Pinafore.*«

Jean-Luc verzog das Gesicht. »Willst du sie dir unbedingt ansehen?«

»Nun … ja, sicher. Warum nicht? Was ist los?«

»Nichts«, sagte Jean-Luc und seufzte schwer. »Aber jedesmal, wenn Roger Wells eine bessere Punktzahl als ich erzielt, muß er mich an seine britische Herkunft erinnern. Und das ist eine englische Operette. Wäre es eine französische Oper …«

Marta schlug ihm spielerisch auf den Arm. »Das ist doch albern. Na schön, wenn du nicht mitkommen willst, frage ich einfach Roger.«

»Ich komme ja mit, ich komme ja mit!« rief Jean-Luc. »Nur versprich mir, daß wir danach in einem französischen Restaurant essen. Vielleicht hat Wellington Napoleon bei Waterloo geschlagen, aber ein französischer Küchenchef kann einen englischen jederzeit schlagen.«

»Abgemacht«, sagte Marta. »Das Essen in einem Restaurant ist auf jeden Fall besser als das in der Kantine.«

Die Sterne kamen heraus. Marta schaute hoch und zeigte auf die Venus, die tief im Westen hing und direkt über dem Horizont leuchtete. Wesentlich höher und näher am Zenit stand der leuchtende weiße Punkt der Wega. »Von hier aus kann man die Centauri-Sterne nicht sehen«, sagte sie. »Sie sind nur in der südlichen Hemisphäre sichtbar. Es fühlt sich komisch an, so weit weg von zu Hause zu sein.«

»Das kann ich mir vorstellen«, erwiderte Jean-Luc und dachte darüber nach, daß er in gewisser Hinsicht weiter von zu Hause entfernt war als sie. Wenn sie ihre Familie besuchte, mußte sie sich zumindest nicht mit einem Vater auseinandersetzen, der sie nicht mehr gehen lassen wollte! »Marta, du warst schon mal im Weltraum. Wie war es dort?«

Sie lachte. »Ich habe dir die Geschichte doch erzählt. Es war wie eine verrückte Fahrt auf einem Kirmeskarussell – aber schließlich bin ich auch auf einem burlesken alten Frachter geflogen. In dem Ausbildungsschiff wird es anders sein.« Ihre Schulter stieß gegen die seine. »Ein Trainingsschiff ist so klein. Und der Weltraum ist so riesig und schwarz.«

Jean-Luc spürte, daß sie erzitterte. »Hast du Angst?« fragte er überrascht.

Sie ließ sich mit der Antwort einen Augenblick

Zeit. »Das nicht gerade. Aber bedenke, was alles schiefgehen könnte.«

Er legte den Arm um sie. »Nichts wird schiefgehen. Dafür sind wir zu gut.«

»Jetzt klingst du wie Roger.«

»Autsch!« jaulte Jean-Luc. »Du hast mich durchschaut. Und jetzt komm, Mädchen. Sehen wir uns deine lächerliche Operette an, damit wir danach etwas Anständiges zu essen bekommen. Und was die Gefahren des Weltraums betrifft – tja, was sage ich da immer?«

»Das werden wir ja sehen!« sagten sie synchron. Und beide brachen in Gelächter aus.

5

Die Nova-Kommando-Teams brachen sehr früh am nächsten Morgen auf – so früh sogar, daß Jean-Luc sich noch vor Sonnenaufgang melden mußte. Er hatte nur einen Koffer und seinen Minicomputer dabei, das einzige Gepäck, das er auf die lange Reise mitnehmen durfte. Der Einsatzbefehl, der auf seinem Minicomputer leuchtete, forderte ihn auf, Shuttle 6 zu betreten, das mit der zweiten Gruppe starten würde. Auch Marta, die genauso aufgeregt wirkte, wie er sich vorkam, war diesem Shuttle zugewiesen, und so standen sie gemeinsam dort und froren ein wenig in der frostigen Luft vor Sonnenaufgang.

Jean-Lucs Herz schlug höher. Er war schon oft geflogen, sehr oft sogar. Als er auf der Oberschule war, hatte er bei Schulausflügen und Wettbewerben zahlreiche Reisen nach Nordamerika, Australien und durch ganz Europa unternommen. Und er hatte natürlich den Transatlantikflug von Frankreich nach San Francisco mitgemacht, um zur Starfleet-Akademie zu gelangen.

Doch all diese Flüge waren Suborbitalreisen gewesen. Er hatte sich nur den Grenzen des Weltraums genähert. Doch diesmal würde er wirklich dort draußen sein, in den dunklen interplanetaren Weiten zwischen der Erde und dem Mars. Allein das Wissen, daß es sich um einen richtigen Flug und nicht um eine holographische Simulation handelte, ließ ihn vor Erwartung erschauern.

Fünf Shuttle-Landeflächen waren in Betrieb. Mit einem Summen der Triebwerke und einem Aufheulen von Energie hoben die ersten fünf Shuttles ab, und fünf andere Starfleet-Personal-Shuttles vom Typ 12 setzten auf den Landeflächen auf. Die Bordlichter wechselten ihre Farbe von Rot zu Grün, und das automatische Tor von Landefläche 1 öffnete sich. Jean-Luc nahm seine Tasche, und er und Marta eilten an Bord. Zwei Starfleet-Lieutenants sahen zu, wie die Kadetten hineinströmten, den Gang in der Mitte entlangschritten und Platz nahmen. Als alle an Bord waren, sagte einer von ihnen: »Sie befinden sich an Bord des interplanetaren Shuttles *Olympus*. Wir werden umgehend starten. In zwanzig Minuten verlassen wir die Erdatmosphäre. Solange wir uns im niedrigen Orbit befinden, werden wir mit Hilfe der Manövrierdüsen zum Abflugpunkt Omega fliegen. Für den Flug zum Mars werden wir das Warptriebwerk aktivieren. Die Warptransitzeit wird vier Stunden und zwanzig Minuten betragen, und wir werden um dreizehn Uhr Standardzeit andocken. Noch irgendwelche Fragen?«

»Nein, Lieutenant – wir wollen einfach nur starten!« rief vorn jemand.

Jean-Luc zuckte zusammen. Es war Roger Wells´ Stimme. Ausgerechnet mit diesem Kadetten mußte er seinen ersten Weltraumflug unternehmen! Wenigstens saß Roger fünf Reihen vor ihm, ganz vorn in der Kabine. Und wenigstens saß Marta hier neben ihm in der hintersten Reihe, und eine

Reihe vor ihm saß Tom Franklin. Mit etwas Glück würde Roger Jean-Luc nicht mal bemerken. Vielleicht würde der Flug doch nicht ganz so übel werden.

Jean-Luc hatte einen Fensterplatz bekommen. Er schaute hinaus, als das Shuttle abhob und den langen, bogenförmigen Steigflug in den Weltraum begann. Die Beschleunigung drückte ihn in den Sitz zurück, bis etwa eine Minute nach dem Start die künstliche Schwerkraft des Schiffs aktiviert wurde. Sie flogen nach Osten, und der Sonnenaufgang holte sie ziemlich bald ein. Jean-Luc sah orangegelbe Wüsten, gewundene grüne Flußläufe und riesige, tiefhängende Wolkenmassen tief unter dem Shuttle. Das Blau des Himmels wurde immer dunkler, bis es schließlich violett war. Der rauchig blaue Horizont wies nun eine eindeutige Krümmung auf. Dann waren Sterne zu sehen, und bevor Jean-Luc es so richtig mitbekommen hatte, befand das Shuttle sich in einer niedrigen Erdumlaufbahn. Das schwarze, von Sternen durchsetzte Vakuum des Weltalls befand sich über dem Shuttle und umgab es auf allen Seiten. Er schaute hinab, während die Ostküste von Nordamerika verschwand; sie sah aus wie ein Kontinenalumriß auf einem Globus.

»Schau, Jean-Luc. Nein, nicht nach unten. Sieh nach oben.« Marta zeigte auf ein Raumschiff, einen Riesen der Excelsior-Klasse, der eine etwas höhere Umlaufbahn eingeschlagen hatte. »Es fliegt zur McKinley-Station«, sagte sie.

Jean-Luc nickte. In der McKinley-Station wurden Starfleet-Schiffe überholt und repariert. Er fragte sich, ob ihr Kurs sie an der Station vorbeiführen wurde.

Wie sich herausstellte, war dem nicht so. »Kadetten«, sagte einer der Piloten über das Interkom, »wir gehen jetzt in den Warpflug über. Wenn Sie so etwas noch nie erlebt haben, sollten Sie sich lieber festhalten. Es geht jetzt los!«

Unwillkürlich umklammerte Jean-Luc die Lehnen seines Sitzes. Marta lachte, und überall um ihn herum kicherten Kadetten mit Raumerfahrung über die Reaktionen ihrer nicht so sachkundigen Freunde. Die Cochrane-Triebwerke pochten etwas lauter, der Sternenhimmel draußen verschwamm… und das war alles. Da das Trägheitsabsorberfeld des Shuttles eine künstliche Schwerkraft erzeugte, stellte sich bei Jean-Luc nicht einmal das Gefühl einer Beschleunigung ein. Er entspannte sich. »Ich hätte es besser wissen sollen. Sie haben mich hereingelegt.«

»Das ist eine alte Tradition«, sagte Marta.

Tom Franklin drehte sich um und legte die Hand auf die Rückenlehne seines Sitzes. »So weit, so gut«, sagte er lächelnd. »Gefällt dir der Flug, Jean-Luc?«

»Und wie.«

»Mir würde er noch besser gefallen«, sagte Marta, »wenn ich wüßte, welche Posten sie uns zuteilen werden. Ich habe keine Lust, den Kommunikationsoffizier zu machen!«

»Ach, das mußt du auch nicht«, sagte Franklin. »Du wirst Chefingenieur und Steuermann der *Ishtar* sein. Ich übernehme die Kommunikations- und Computeroperationen.«

Jean-Luc betrachtete ihn argwöhnisch. »Ich dachte, die jeweiligen Posten werden erst nach unserer Ankunft bekanntgegeben.«

Franklin grinste und zuckte mit den Achseln. »Ich hab dir doch gesagt, daß ich mich für Künstliche Intelligenz und Computersysteme interessiere. Zufällig habe ich am Entwurf des Programms mitgewirkt, das die Aufgabenverteilung vornimmt. Ich dachte, ihr beide wäret gern auf ein und demselben Schiff, und da ihr ganz umgänglich seid, habe ich mich gleich angeschlossen. Wir werden Kameraden auf dem guten Ausbildungsschiff *Ishtar* sein.«

»Oh.« Jean-Luc zögerte zwar, konnte sich die Frage dann aber doch nicht verkneifen: »Und welchen Posten wird man mir zuweisen?«

»Du bekommst die Navigation und die wissenschaftliche Station.«

Jean-Luc versuchte, auch weiterhin zu lächeln, doch es gelang ihm nicht ganz. Marta bemerkte seine Enttäuschung. »Was ist los?« fragte sie. »Das ist doch ein toller Posten.«

»Ja, sicher«, sagte Jean-Luc. »Es ist nur so … na ja, ich weiß, daß ein Nova-Ausbildungsschiff von einem Kadetten im vierten Jahr befehligt werden muß, also habe ich mir keine Illusionen gemacht, daß man mich zum Captain ernennt. Aber ich hatte auf den Ersten Offizier gehofft.«

Franklin schüttelte den Kopf. »Tut mir leid, Jean-Luc. Du warst in der engeren Auswahl, aber dann hat Roger Wells dich verdrängt.«

»Was?«

Franklin blinzelte, als er den Ärger in Jean-Lucs

Stimme hörte. »Oha. Habe ich einen Fehler gemacht?«

»Nein, eigentlich nicht«, sagte Marta. »Wir sind nur überrascht, mit ihm auf demselben Schiff zu sein.«

»Und nicht erfreut«, fügte Jean-Luc hinzu.

»Tut mir leid«, erwiderte Franklin. »Ich dachte, ihr kennt euch alle. Hätte ich gewußt...«

»Schon gut«, sagte Jean-Luc. »Das ist Schnee von gestern. Roger ist der Erste Offizier. Aber sag mal, wer wird der Captain sein?«

Franklin richtete sich auf und schaute nach vorn. »Tabath Ran. Ich kann von hier aus ihren Hinterkopf sehen. Sie sitzt neben Roger. Kennt ihr sie?«

Sowohl Jean-Luc als auch Marta schüttelten die Köpfe.

»Das überrascht mich nicht«, sagte Franklin. »Sie ist eine Kemoranerin, und ihr habt wahrscheinlich mitbekommen, daß die Kemoraner gern unter sich bleiben.«

Jean-Luc hatte zwei oder drei kemoranische Kadetten gesehen – die außerirdischen Studenten neigten dazu, sich immer mindestens zu zweit, bevorzugt aber in kleinen Gruppen zu bewegen. Sie waren gedrungene Humanoide, alle mindestens einen Kopf kleiner als Jean-Luc. Kemora, ihre Heimatwelt, wies eine hohe Schwerkraft, einen sehr salzigen, flachen planetaren Ozean und nur einen einzigen heißen und trockenen Kontinent auf. Kemoraner waren eine halbamphibische Spezies und konnten sich durchaus auf festem Land bewegen, zogen es aber vor, sich lange Zeiträume unter Wasser aufzuhalten. Ihr Aussehen war in gewisser Hinsicht echsenähnlich, und ihre Haut war mit schillernden sechseckigen Schuppen bedeckt. Diese leuchteten je nach Lichteinfall in allen Farben des Regenbogens. Ihre Augen waren geschlitzt und rot, und sie hatten keine richtigen Nasen, nur einen flachen Ballen mit vier schmalen Öffnungen. Ihr Mund war im Gegensatz dazu sehr stark ausgeprägt. Genauer gesagt, ihre Lippen verliefen von einem Ohr zum anderen – wenn die Kemoraner äußere Ohren gehabt hätten. Weibliche und männliche Exemplare kleideten sich gleich, auch wenn sie nicht die Uniformen der Starfleet-Akademie trugen. Ihr normaler Aufzug bestand aus seltsam geformten Stiefeln, die den Eindruck erweckten, sie hätten Entenfüße, und einteiligen silbernen Overalls. Darüber hinaus waren beide Geschlechter kahlköpfig, und Jean-Luc konnte die männlichen Kemoraner nicht von den weiblichen unterscheiden. Natürlich hatte er kaum ein Wort mit den cliquenbewußten Wesen gewechselt.

»Es gibt in Starfleet nicht viele von ihnen«, sagte er.

Franklin nickte. »Zur Zeit tun nur etwa einhundert Kemoraner dort Dienst. Und nur sechs sind an der Akademie. Wie ich gehört habe, ist Tabath Ran einer der begabtesten Kadetten im vierten Jahr. Sie ist manchmal etwas schroff und grantig, aber unterschätzt sie bloß nicht. Sie ist eine erstklassige Pilotin und wird darauf bestehen, daß an Bord alles wie am Schnürchen läuft.«

Jean-Luc hatte noch nie etwas so Schönes wie die Bradbury-Orbital-Basis gesehen. Das Shuttle war ein paar hunderttausend Kilometer vom Mars entfernt in den Unterlichtflug übergegangen, und sie näherten sich dem Planeten lediglich mit Hilfe der Manövrierdüsen. Die Sonne befand sich direkt hinter ihnen, und so schwoll der Mars zu einer riesigen braunroten Kugel an, pockennarbig vor uralten Kratern, übersät mit riesigen Vulkanen und – nun, da das Terraforming schon recht weit vorangeschritten war – getrübt vom blauen Dunst einer Sauerstoffatmosphäre und gestreift von langen, weißen Wolkenfäden.

Die Menschen schafften schon seit Generationen Wasser und Sauerstoff von äußeren Himmelskörpern des Sonnensystems heran und veränderten damit das Antlitz des toten Planeten. Unter seinem Uniformhemd trug Jean-Luc an einer Halskette eine uralte Sankt-Christopherus-Medaille. Sie war ein Familienerbstück, das angeblich ein entfernter Vorfahr von einem Kreuzzug im Mittelalter von Jerusalem mit nach Hause gebracht hatte.

Doch irgendwann in nicht so ferner Vergangenheit hatte ein gewisser Auguste Picard, Jean-Lucs Ururgroßvater, sie auf dem Flug zum Mars und wieder zurück getragen. Jean-Luc hatte ein paar Familiengeschichten über seinen berühmten Ahnherrn gehört, aber nicht viele – denn Maurice Picard schien selbst diesen längst verstorbenen Raumfahrer irgendwie für einen Verräter an der Sache der Weinberge und Trauben zu halten. An der Akademie hatte Jean-Luc den Namen in Geschichtsbüchern wiedergefunden und fasziniert nachgelesen, daß Auguste Picard ein früher Siedler auf dem Mars gewesen war, der unter einer Kuppel auf der Oberfläche gewohnt hatte, lange vor dem Terraforming-Prozeß, der den Mars bewohnbar gemacht hatte und noch immer nicht abgeschlossen war.

Jean-Luc erschauerte ein wenig. Er nahm die Medaille seines Großvaters auf eine Reise mit, die gewissermaßen eine Heimkehr war. Er wußte, daß Auguste Picard lange gestorben war, bevor es aufgrund der technischen Entwicklung möglich geworden war, daß es jemand wagen konnte, eine Druckkuppel auf dem Mars zu verlassen. Was würde er von seinem Planeten halten, wenn er ihn jetzt sehen könnte, wie sein Ururenkel ihn sah? Jean-Luc hoffte, die Zeit zu finden, sich wenigstens einmal auf die Marsoberfläche zu begeben und einen Spaziergang unter freiem Marshimmel in niedriger Schwerkraft zu unternehmen. Es wäre eine Art Würdigung dieses schon lange toten Picard, des anderen Raumfahrers in der Familie.

Doch im Augenblick konnte Jean-Luc nicht genug von dem Anblick des Planeten bekommen, der während ihrer Annäherung immer größer zu werden schien. Wo würde er seinen Spaziergang unternehmen? Wahrscheinlich da unten im großen Mariner-Graben. In solchen Senken war die Atmosphäre bereits dicht genug, daß Menschen ohne Masken atmen konnten, und in dem riesigen Tal, das nach einer unbemannten Raumsonde benannt war, die vor Jahrhunderten auf dem Mars gelandet war, glitzerte sich bereits ein echter See in der Sonne. Auguste Picards Traum wurde Wirklichkeit. Eines Tages würde der Mars ein kleinerer

Bruder der Erde sein, und dieser Tag näherte sich schnell.

Jean-Luc keuchte. Er hatte einen herrlichen, atemberaubenden Blick auf den Planeten. Aber wirklich nach Luft schnappen mußte er in dem Augenblick, in dem die Bradbury-Station in Sicht kam. Gelassen schwebte sie hinter dem gekrümmten, von der Atmosphäre verwischten Horizont des Mars hervor. Die Orbitalstation war leuchtend weiß, ein Komplex aus sechs riesigen Arbeits- und Wohnscheiben, und auf jeder ihrer Ebenen konnten über zehntausend Kolonisten und Arbeiter leben.

Sie war viel größer als die beiden winzigen Monde des Mars. Doch sie waren noch weit entfernt von der Station, und Jean-Luc sah die winzigen Punkte von Zwei- und Drei-Personen-Shuttles und die kaum auszumachenden, nur mit einem Piloten bemannten pfeilförmigen Arbeitsbienen, die winzigen Schiffe, die die normalen Wartungs- und Ausbauarbeiten an einer der größten Raumstationen des Sonnensystems durchführten.

»Mach den Mund zu, Bauernlümmel«, erklang hinter ihm eine spöttische Stimme. »Sonst trocknet deine Zunge noch aus!«

Jean-Luc drehte sich verärgert um; seine Stimmung war verdorben. Roger stand dort, stützte sich auf Martas Rückenlehne. Er war nicht gerade ein willkommener Besucher. »Tut mir leid, wenn meine Begeisterung dich stört, aber ich sehe zum erstenmal eine Raumstation«, sagte Jean-Luc.

Roger gab Marta einen Klaps auf die Schulter. »Unser Winzerfreund ist etwas naiv, was?«

Marta sah nicht zu ihm hoch. »Ich war auf meinem ersten Raumflug auch überwältigt, Roger.«

Roger grinste. »Oh, ich auch … glaube ich. Natürlich kann ich mich nicht mehr daran erinnern – ich war damals wahrscheinlich zwei Jahre alt. Nach dem Andocken können wir ja eine Kleinigkeit zusammen essen, dann erzähle ich dir davon.«

Marta schaute ihn wütend an. »Danke, Roger, aber Jean-Luc und ich haben schon etwas vor.« Sie drehte sich zu Jean-Luc um und blinzelte ihm zu. »Oder?«

»Ganz genau«, sagte Jean-Luc. Er bemühte sich, einen neutralen Gesichtsausdruck zu bewahren, obwohl es ihn höllisch freute, daß Marta Roger gerade hatte abblitzen lassen.

Roger rümpfte die Nase und richtete sich auf. »Na schön«, sagte er. »Ich schätze«, fügte er dann etwas lauter hinzu, »zweitklassige Kadetten hängen nun mal gern zusammen.«

Jean-Lucs Wangen erröteten. Er konnte es verkraften, daß man ihn in vielerlei Hinsicht aufzog, aber nicht in dieser. »Verschwinde«, knurrte er. Marta legte eine Hand auf seinen Arm und drückte ihn warnend: *Sei vorsichtig,* teilte sie Jean-Luc wortlos mit.

»Keine Bange, ich geh ja schon«, sagte Roger. »Wir müssen uns sowieso zum Andocken anschnallen. Aber ich will dir etwas sagen, Mister Picard. Als Erster Offizier der *Ishtar* werde ich einen Bericht über die Moral und Leistung der Crew schreiben. Wenn du eine gute Beurteilung bekommen willst, reißt du dich besser zusammen.« Plötzlich grinste er und blinzelte Marta übertrieben zu, als sei seine Drohung nur ein Scherz gewesen. Dann ging er nach vorn.

Als er an Tom Franklin vorbeiging, drehte der sich auf seinem Sitz um. Sein Gesichtsausdruck war besorgt. Stumm formten seine Lippen die Entschuldigung: »Tut mir leid.«

Marta tätschelte Jean-Lucs Arm. »Laß dir von ihm nicht auf den Nerven rumtrampeln! Roger nimmt sich so wichtig, daß er keinerlei Manieren gelernt hat.«

»Ich weiß«, erwiderte Jean-Luc. »Es liegt nicht daran, daß er so gut ist. Das könnte ich akzeptieren. Aber er ist so verdammt selbstgefällig!«

Dann forderte der Pilot die Passagiere auf, sich auf die Landung vorzubereiten. Jean-Luc drehte sich um und schaute wieder aus dem Fenster. Doch nun konnte er nur noch einen riesigen Hangar sehen, in dem schon zahlreiche Shuttles aufgesetzt hatten. Er beobachtete, wie sie durch die von einem Kraftfeld geschützte Schleuse glitten, spürte das eine leichte Übelkeit erzeugende Rucken, als die künstliche Schwerkraft des Shuttles durch die der Station ersetzt wurde, und hörte das metallische Scheppern, mit dem das Shuttle aufsetzte.

Er atmete tief ein. Was er Marta gesagt hatte, entsprach durchaus der Wahrheit. Aber in Wirklichkeit störte ihn tief im Innersten die Vermutung, daß er damals, auf der höheren Schule, Roger ziemlich ähnlich gewesen war. Er war immer der Beste in allem gewesen und hatte sich nicht gescheut, es die anderen auch merken zu lassen. Niemals ein Augenblick des Zweifels – bis zu seinem ersten erniedrigenden Scheitern, als er sich bei der Starfleet-Akademie beworben hatte. War er vielleicht so nervend gewesen, wie Roger es sein konnte? Jean-Luc wollte es nicht hoffen, befürchtete aber, daß viele seiner Schulkameraden einen ähnlichen Groll gegen ihn gehegt hatten, wie er ihn nun Roger entgegenbrachte.

Nun ja, Jean-Luc hatte diese Anmaßung jetzt hinter sich gelassen, zumindest innerlich. Er versuchte noch immer, sich selbstsicher, sehr kühl und gefaßt zu geben, doch in Wirklichkeit verspürte er die Ruhe nicht mehr, die er auszustrahlen schien. Er gab nur vor, wesentlich zuversichtlicher zu sein, als er es tatsächlich war.

Jean-Luc dachte grimmig, daß das Nova-Kommando seine Chance war zu beweisen, was er leisten konnte. Er knirschte mit den Zähnen. Er würde es Roger zeigen! Er würde es ihnen allen zeigen!

Hinten öffnete sich die Luke, und er und Marta stiegen gleichzeitig aus. Sie traten aus dem Shuttle und in die erste echte Herausforderung ihres Lebens an der Starfleet-Akademie.

6

»Herzlichen Glückwunsch, Kadett Picard«, sagte Captain Page trocken. »Sie haben gerade Mister Franklins Moleküle zerlegt. Mal sehen, ob er als purpurne Giraffe herauskommen wird.«

Jean-Luc Picard biß die Zähne zusammen. Das war nicht fair – schließlich bediente er zum erstenmal einen Transporter –, aber andererseits hatte niemand behauptet, daß die Akademie einfach sein würde. Er schaute auf den Bildschirm. Tom Franklin grinste ihn an und winkte. Es war ein ziemlich unheimliches Winken, da Tom von den Achselhöhlen abwärts alles zu fehlen schien. Sein Kopf und die Schultern schwebten einfach in der Luft. Es war ein geisterhaftes und unheimliches Bild.

»Sie haben Glück, daß es nur eine holographische Simulation ist«, sagte Captain Page zu Jean-Luc. »Sonst wären Sie stundenlang damit beschäftigt, die Transporterfläche zu säubern.« Er stellte die Transporterkontrollen neu ein, und das Bild von Franklin vervollständigte sich wieder. »Also, was tun Sie zuerst, nachdem Sie ein Ziel erfaßt haben?«

»Den Musterpuffer aktivieren«, sagte Jean-Luc.

»Genau. Tun Sie das beim nächsten Mal, bevor Sie dem Transporterstrahl Energie geben, und dann werden Sie Ihr Objekt vielleicht nicht in winzige kleine Stücke zerhacken.«

Jean-Luc konzentrierte sich. Es war eine Sache,

alles über die Theorie und Technik des Transporters zu wissen, aber eine ganz andere, tatsächlich hinter den Kontrollen zu stehen. So einfach und automatisiert, wie sie waren, boten sie einem unglückseligen Kadetten dennoch zahlreiche Möglichkeiten, Fehler zu machen, wie er gerade auf spektakuläre Art und Weise bewiesen hatte.

Nachdem Jean-Luc das Transporterprogramm mehrfach korrekt ausgeführt hatte und mit jedem Vorgang schneller und sicherer geworden war, grunzte Captain Page zufrieden. »Na schön, versuchen wir es jetzt mal richtig.« Er befahl dem Computer, die Simulationsschaltung zu beenden. »Ich weiß nicht, ob ich mich von Ihnen schon irgendwohin transportieren lassen will, Mister Picard, also werde ich Sie zur *Ishtar* schicken und wieder zurückholen. Sind Sie schon mal transportiert worden?«

»Ja«, sagte Jean-Luc.

»Ins All?«

»Nein«, mußte er eingestehen. »Aber ich habe schon oft das Kurzstreckennetz auf der Erde benutzt.«

»Nun ja, das Prinzip ist das gleiche«, sagte Page. »Doch wenn Sie von einem Schiff zum anderen transportiert werden, müssen Sie auf ein paar der Annehmlichkeiten eines planetaren Transports verzichten. Ist Ihnen schon mal aufgefallen, daß die Bodenstationen über lange Ausgangskorridore verfügen? Die dienen dazu, daß Sie sich dem Atmosphäredruck, der Temperatur und anderen Variablen leichter anpassen können. Auf Raumschiffen herrschen stets annähernd die gleichen Bedingungen, so daß man auf diesen langen Korridor verzichten kann. Aber die Betonung liegt auf *annähernd*. Obwohl wir versuchen, kleine Unterschiede in der Atmosphäre und dem Druck auszugleichen, werden Sie wahrscheinlich einige kleine Abweichungen wahrnehmen. Also los.«

Jean-Luc trat auf die runde Transporterfläche. Ein paar Sekunden verstrichen.

»Nun?« fragte Captain Page mit übertriebener Höflichkeit.

Jean-Luc schluckte. Er hatte vergessen, daß stets die Person den Befehl erteilt, die von einem Schiff transportiert wurde, ganz gleich, welchen Rang sie hatte. »Energie.«

Ein hohes Summen erklang und wurde lauter. Seine Haut prickelte. Der kleine Transporterraum mit seinen drei Flächen funkelte auf und verblich, und einen Moment lang umgab ihn kühle, leere Dunkelheit. Dann erneut funkelnde Lichter, und er materialisierte. In seinen Ohren knackte es, nicht schmerzhaft, aber so deutlich, daß er es bemerkte. Er atmete tief ein und roch den scharfen Duft von Metall. Die Luft in seinen Nasenöffnungen war kühler, als er erwartet hatte. Die *Ishtar* war ein kleines Schiff, und die Transporterbucht war wesentlich enger als die auf der Station, die er gerade verlassen hatte. Sein Kommunikator piepte, und er berührte ihn. »Hier Picard.«

»Wie war die Reise?« fragte Pages Stimme.

»Sehr angenehm, vielen Dank, Sir.«

»Natürlich. Wenn Sie schon mal dort sind, können Sie auch gleich Ihre wissenschaftliche Station inspizieren. Ich gebe Ihnen zehn Minuten Zeit, dann kehren Sie in die Transporterbucht zurück und melden sich, und ich hole Sie.«

»Danke, Sir.«

Jean-Luc schritt durch einen schmalen Korridor. Er hatte Rißzeichnungen und Holos des Schiffes studiert und kannte sich bereits aus. Durch eine Luke konnte man die fünf engen Kojen, das winzige Badezimmer und die kleine Replikator-Kombüse der Mannschaftsquartiere betreten; vor ihm lag die Brücke. Die *Ishtar* war angedockt und erhielt ihre Energie von der Station statt von den eigenen Generatoren, aber alle Einrichtungen waren in Betrieb. Die automatischen Türen öffneten sich zischend, als sie Jean-Lucs Annäherung bemerkten.

Er betrat die Brücke. Der vordere Bildschirm war im Augenblick leer. Jean-Luc schaute sich die fünf Sitze an. Man konnte die *Ishtar* kaum als Raumschiff bezeichnen. Sie konnte keine Warpgeschwindigkeit erreichen, war nicht bewaffnet, und ihr Aktionsradius war beschränkt. Doch als Jean-Luc hinter seine Station unter einer vorstehenden Konsole glitt, verspürte er nur freudige Erregung. Zumindest im Augenblick war die *Ishtar sein* Schiff. Er nahm einen schnellen Check der Sensoren und Monitore vor und stellte fest, daß sie einsatzbereit waren. Dann erhob er sich, wobei er den Kopf einzog, um nicht gegen die vorstehende Konsolenbank zu stoßen. Nach einem Augenblick der Unentschlossenheit ging er zum Sitz des Captains und nahm darin Platz.

»Computer«, sagte er impulsiv. »Aktiviere den Bildschirm.«

Der Schirm erhellte sich. Er sah, daß die *Ishtar* an

einem Andockring lag. Öffnete er die Luke zu den Quartieren und dann die dahinter, könnte er die Luftschleuse betreten, die zur Bradbury-Station führte. Zu diesem Zeitpunkt hätte man das Schiff genauso gut auf diese Weise betreten können, statt den Transporter zu benutzen. Links und rechts hatten weitere Übungsschiffe angedockt. Rechts sah er die *Aphrodite*, und dahinter die *Quetzalcoatl* und die *Ra*. Die anderen waren zu weit entfernt, als daß er die Namen hätte lesen können. Eines von ihnen, ziemlich weit entfernt, legte gerade von der Station ab und bewegte sich mit Hilfe der Manövrierdüsen in die Dunkelheit des Alls.

Jean-Luc beneidete Crew, die bereits zu einem kurzen Testflug aufbrechen durfte. Er seufzte, befahl dem Computer, die Bildschirme auszuschalten, und eilte zur Transporterbucht. Er hatte kaum die runde Fläche betreten, als Captain Pages Stimme über den Kommunikator erklang: »Ich bin bereit.«

»Energie«, sagte Jean-Luc sofort.

Erneut der schimmernde Augenblick der Orientierungslosigkeit, und dann war er wieder auf der Station. Captain Page stand hinter den Transporterkontrollen und lächelte ihm zu. »Willkommen daheim. Wie ich sehe, sind Sie in einem Stück angekommen.«

»Jawohl, Sir. Alles ging problemlos vonstatten. Vielen Dank.«

»Gern geschehen.« Captain Page schaltete die Energie der Transporterkonsole aus. Mit einem verdächtig freundlichen Lächeln fragte er dann: »Übrigens, Mister Picard, wie sitzt es sich im Sessel des Captains?«

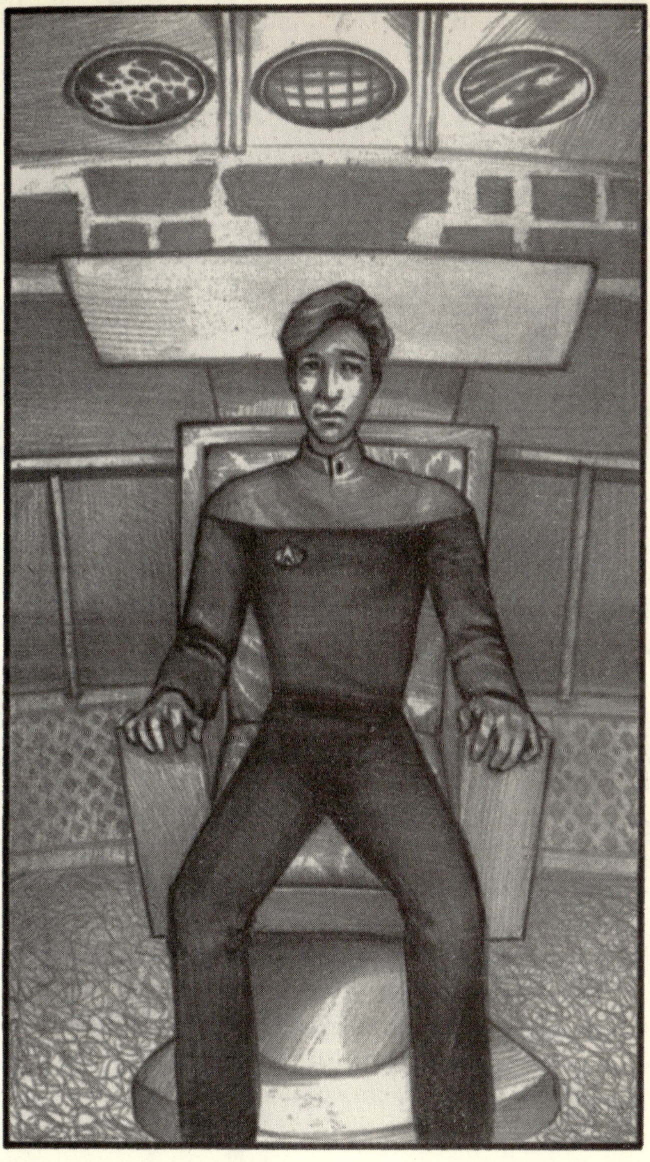

Jean-Luc blinzelte. »Ich … Sir, ich … woher wissen Sie das?«

Page lachte. »Ich würde nicht viel von Ihnen halten, hätten Sie nicht versucht, ob Sie hineinpassen.« Er trat von der Transporterkonsole zurück und warf einen kurzen Blick darauf. »Kommen Sie her. Jetzt wollen wir feststellen, ob Sie sich an irgend etwas erinnern, das Sie bislang gelernt haben. Sie können damit anfangen, die Energie einzuschalten, falls Sie sich noch daran erinnern, welchen Schalter Sie dazu bedienen müssen.«

Natürlich fand nicht die gesamte Ausbildung als Einzelunterricht statt. Die Bradbury-Station verfügte nicht über große Hörsäle, aber ein Konferenzraum bot Platz für bis zu fünfundsiebzig Kadetten. Jean-Luc nahm dort an Vorlesungen und Präsentationen teil, normalerweise mit Marta oder Tom Franklin, manchmal mit anderen Kadetten, die sich auf die Navigation oder die Wissenschaft spezialisiert hatten. Als er nach einer dieser Vorlesungen gemeinsam mit Tom den Hörsaal verließ, überraschte es ihn, Marta neben Roger Wells gehen zu sehen. Er eilte zu ihnen. »Hallo«, sagte er. »Ich habe euch gar nicht hereinkommen sehen.«

Marta erwiderte sein Lächeln. »Roger und ich hatten uns etwas verspätet. Wir saßen ganz hinten.«

»Oh.«

Roger nahm Martas Arm. »Und wir werden jetzt ein paar kleine Privatstudien betreiben, Picard. Du mußt doch bestimmt noch pauken, damit du als wissenschaftlicher Offizier einigermaßen auf dem Posten bist.«

Jean-Luc sah ihn wütend an. »Ich habe meinen Stoff im Griff.« Er ignorierte Roger und drehte sich zu Marta um. »Essen wir heute abend zusammen?«

»Na ja, ich habe schon was vor…«

»Wir beide gehen heute abend essen«, sagte Roger und zog an Martas Arm. »Komm, wir wollen doch nicht zu spät kommen.«

Jean-Luc schaute drein, als hätte ihn der Blitz getroffen. Marta sah ihn besorgt an. »Es ist nicht, was du denkst«, sagte sie schnell. Dann eilten sie und Roger davon und verschwanden schließlich in der Menge.

Tom Franklin hatte sich während des Wortwechsels diskret im Hintergrund gehalten. Nun trat er zu Jean-Luc. »Was ich im Shuttle gesagt habe, war mein Ernst. Es tut mir wirklich leid, daß ich an der Zuteilung herumgepfuscht habe«, sagte er leise. »Ich habe nicht gewußt, daß ihr beide, du und Roger, nicht miteinander zurechtkommt.«

»Schon gut«, knurrte Jean-Luc. Wütend und verletzt ging er weiter. Statt etwas zu essen, meldete er sich im Labor zum Kurs »Computerassistierte Lektionen«, dessen Computer die Teilnehmer nach den Anfangsbuchstaben der Bezeichnung »Cal« nannten. Jean-Luc schlüpfte in eine leere Kabine und blieb einen Augenblick lang ruhig sitzen. In seinem Inneren kochte es jedoch. Also hatte Marta keine Zeit für ihn, was? Na ja, wenn es sein mußte, konnte auch er sich den ganzen Tag lang beschäftigen. Obwohl er die ihm für den heutigen Tag zugewiesenen Arbeiten schon erledigt hatte, besagte keine Vorschrift, daß er nicht auch auf eigene Faust lernen konnte. Er hatte vor, an einem holographischen Simulator zu üben.

Und dann, dachte er, *warten wir ab, bis wir im Weltraum sind. Wenn ihr toller Freund Roger auch nur einen Fehler macht – nur einen! –, werde ich ihm zeigen, was für ein Narr er ist.* Einen Moment lang grinste Jean-Luc gehässig, als er sich vorstellte, wie er Roger erniedrigen konnte. Dann wurde ihm klar, daß es sich dabei nur um Phantasien handelte – so angenehm sie auch sein mochten. Er mußte ohne Zorn ans Werk gehen, genau wie … nun ja, wie Mister Spock es getan hätte. Vulkanier beherrschten ihre Gefühle, ordneten sie der Aufgabe unter, die bewältigt werden mußte. Jean-Luc atmete tief durch und versuchte, sich zu beruhigen.

»Cal«, sagte er schließlich, als er sich wieder in der Gewalt hatte, »ich möchte die Meß- und Aufzeichnungsprozeduren der *Ishtar* studieren. Simulation Klasse neun.«

»Simulation Klasse neun«, wiederholte Cals Stimme. »Möchten Sie eine bestimmte Geschwindigkeit festsetzen?«

»Nein. Mach es so schwierig wie möglich.«

Schimmernd bildete sich um ihn herum die holographische Darstellung der wissenschaftlichen Station der *Ishtar*. »Astronavigation«, sagte Cal. »Nennen Sie mir Ihre Position.«

Jean-Luc Finger glitten über das Kontrollpult, und er rief die Computerdatei auf. »Wir befinden uns in einem Sonnensystem«, sagte er. »Derzeitige Entfernung von der Sonne eins Komma fünf AE. Es handelt sich um einen Stern vom Typ F-Neun. Wir sind im Alpha-Quadranten, nicht weiter als fünfzig Lichtjahre vom Sonnensystem entfernt. Augenblick – ein Planet der Klasse M.« Auf seinem Computerbildschirm leuchtete das Bild des Planeten; er sah der Erde nicht besonders ähnlich, verfügte aber über eine Atmosphäre, in der menschliches Leben existieren konnte.

»Scannen Sie nach Lebensformen.«

Obwohl er keinen Bildschirm hatte, auf dem er die Welt direkt sehen konnte, verrieten die Meßwerte und simulierten Displays ihm einiges. Der Planet war etwas massiver als die Erde und etwas trockener. Ozeane bedeckten etwa sechsundsechzig Prozent ihrer Oberfläche, Landmassen weitere neunundzwanzig, und der Rest bestand aus polaren Eiskappen. Das sich langsam drehende Bild auf seinem Computermonitor zeigte blutrote Kontinente, die zum größten Teil aus purpur-grünen Ebenen bestanden. Die Meere leuchteten smaragdgrün.

»Stickstoff-Sauerstoff-Atmosphäre«, meldete Jean-Luc. »Der Scan nach Lebensformen ist noch nicht abgeschlossen, aber ich vermute, daß diese Welt über eine große pflanzliche Biomasse verfügt.«

»Und wieso, Mister Picard?«

»Weil Pflanzen Stickstoff und Kohlendioxid aufnehmen und Sauerstoff produzieren. Dieser Planet weist weniger Stickstoff und mehr Sauerstoff als die Erde auf; daher können wir davon ausgehen, daß er über mehr pflanzliches Leben verfügt. Diese purpurnen Flächen könnten große Ausläufer von Bodenpflanzen sein.«

»Sie haben recht«, sagte Cal. »Sammeln wir weitere Informationen. Die genaue Zusammensetzung der Atmosphäre?«

Jean-Luc studierte seine Instrumente. »Dreiundsechzig Prozent Stickstoff, dreißig Prozent Sauerstoff, zwei Komma vier Prozent Kohlendioxid, Edelgase…« Er nannte sie der Reihe nach. Ein Sensor piepte, um ihn zu informieren, daß der planetare Scan abgeschlossen war. »Ich bekomme nun die Ergebnisse der Suche nach Lebensformen.«

»Berichten Sie bitte.«

»Keine Aktivität im elektromagnetischen Bereich…«

»Und das heißt, kein intelligentes Leben, Mister Picard?«

Jean-Luc runzelte die Stirn. »Nicht unbedingt. Es könnte bedeuten, daß die intelligenten Lebensformen keine elektromagnetische Kommunikation benutzen wie Funk, Fernsehen oder holographische Nachrichtenübermittlung.«

»Ein guter Einwand. Setzen Sie die Einschätzung über Lebensformen fort.«

Jean-Luc nickte. »Den Meßergebnissen zufolge gibt es nur eine minimale Anzahl tierischer Lebensformen, aber, wie ich vorhergesagt habe, gewaltige Massen von Pflanzen. Es muß ein Dschungelplanet sein. Oder in den Meeren kommen sehr viele Algen, Seetang und ähnliche Pflanzenformen vor.«

»Die vorläufige Schlußfolgerung?«

»Eine Welt im frühen Stadium der Evolution«, erwiderte Jean-Luc wie aus der Pistole geschossen. »Da eine Sonne vom Typ F-Neun ein kurzlebiger Stern ist, hat dieser Planet wahrscheinlich noch nicht viel Zeit für eine Evolution gehabt. Vermutlich ist die Entwicklungsstufe mit dem Devon der Erdgeschichte zu vergleichen. Die Aussicht, intelligentes Leben zu finden, liegt bei null… Augenblick.«

»Berichten Sie, Mister Picard.«

Jean-Luc studierte die Meßergebnisse. Irgend etwas an den Diagrammen und Graphiken stimmte nicht, war ungewöhnlich. Er stellte eine ungewöhnliche Spitze in dem Kurzwellenbereich fest, der die altmodischen Funkfrequenzen abdeckte. »Seltsam. Jetzt bekomme ich eine eingegrenzte Messung einer elektromagnetischen Sendung. Die war vorher nicht da.«

»Können Sie den Sender lokalisieren, Mister Picard?«

Jean-Luc scannte hektisch die gesamte Planetenoberfläche. »Augenblick – er befindet sich nicht auf dem Planeten, sondern im Orbit.«

Cal ließ ihn die Position der orbitalen Anomalie bestimmen. Ihr imaginäres Schiff näherte sich ihr. »Bericht, Mister Picard«, sagte Cals erbarmungslose Stimme.

»Es ist ein Raumschiff«, sagte Jean-Luc. »Typ unbekannt. Masse einhundertsiebentausend Standardtonnen. Keine Lebensformen. Ich finde keine Spuren von Plasma, keine Antimaterie, kein Dilithium – es scheint nicht zum Warpflug fähig zu sein. Es scheint überhaupt nicht einsatzfähig zu sein. Die einzige Energie, die ich anmessen kann, ist dieses elektromagnetische Signal. Cal, der Kommunikationsoffizier soll das Bild auf den Schirm legen.«

»Der Kommunikationsoffizier meldet«, sagte Cal mit seiner distanzierten Stimme, »daß das Signal keine Bilder enthält. Nur Audio.«

»Ich will es mir anhören.«

Das unheimliche Pfeifen von Flötenmusik füllte Jean-Lucs Ohren. Aber die Flöte spielte keine Melodie, und es handelte sich in Wirklichkeit auch nicht um ein Musikinstrument. Mitunter kletterte das

Geräusch die Tonleiter hinauf, wurde so schrill, daß es in Jean-Lucs Zähnen schmerzte. Dann wurde es wieder tiefer und leiser, bis es nur noch ein dumpfes Vibrieren war, das man eher fühlte als hörte. »Ist das eine Kommunikation?« fragte Jean-Luc.

Cal gab keinen Zentimeterbreit nach. »Ist es eine Kommunikation, Mister Picard?«

Jean-Luc überzeugte sich, daß der Allgemeine Translator korrekt funktionierte. Dem Diagnoseprogramm des Translators zufolge war dies der Fall – was bedeutete, daß diese Stimme, falls es eine Stimme war, sich nicht in den üblichen Sprachmusterdateien befand. Falls dort ein Fremdwesen sprach, handelte es sich um eins, mit dem die Föderation noch nie zuvor kommuniziert hatte. Allmählich wurde Jean-Luc unbehaglich zumute. Etwas an der Situation störte ihn.

»Ich modifiziere die Muster des Allgemeinen Translators«, sagte er. »Das hört sich fast an wie ein Walgesang. Der Kommunikator soll mögliche Bedeutungen extrapolieren, die auf solchen Gesängen basieren ...«

Der flötenähnliche Ton wurde moduliert, klang nun regelmäßiger und wurde in kurze, explosionsartige Abschnitte unterteilt, die fast wie Worte klangen. Jean-Luc bemerkte eine weitere Spitze im Kurzwellenbereich. »Wir werden gescannt«, sagte er. »Es scheint sich aber um kein feindseliges Vorgehen zu handeln – das fremde Schiff überprüft uns nur, wie wir es ebenfalls überprüft haben. Ich empfehle, das unbekannte Schiff auf allen Frequenzen zu rufen und ihm unsere Hilfe anzubieten.«

»Der Kommunikationsoffizier befolgt Ihren Vorschlag. Der Offizier meldet, daß keine Antwort erfolgt«, sagte Cal sofort.

»Keine Lebensformen«, wiederholte Jean-Luc und betrachtete seine Instrumente. Seine Stimme war leise, nachdenklich und entschieden besorgt. »Wie ist das möglich, wenn sie uns rufen? Irgend jemand muß doch an Bord dieses Schiffes sein.«

»Warum?« fragte Cal.

»Weil jemand uns ruft«, sagte Jean-Luc. »Aber ich kann nicht feststellen, was für eine Lebensform es sein könnte. Da die Stimme ein wenig dem Gesang von Delphinen oder Walen ähnelt, habe ich nicht nur auf dem Land, sondern auch im Meer nach Lebensformen gesucht. Ich finde aber keine Energiemuster oder ... Moment mal. Ich möchte das Translatorsignal mit maschinellen Mustern vergleichen. Es könnte sich um eine automatische Nachricht, eine Aufzeichnung handeln.«

»Ich führe die Musteranalyse durch«, sagte Cal.

Nach einer weiteren Anpassung der Kontrollen spürte Jean-Luc, daß er im Nacken eine Gänsehaut bekam. Aus den pfeifenden Flötentönen war eine emotionslose, hohe Stimme geworden: »... die Warnung nicht beachtet haben, wurden die automatischen Verteidigungssysteme aktiviert. Ich wiederhole: Ergeben Sie sich sofort. Da Sie ...«

»Cal, Schilde aktivieren! Bring uns hier weg!« rief Jean-Luc.

»Ist das Ihre Empfehlung an den Captain?«

»Ja!«

»Es besteht eine Wahrscheinlichkeit von neunzig Prozent«, sagte Cal nach einer Sekunde, »daß Ihr Captain weitere Erklärungen verlangt, bevor er ...«

Alles wurde dunkel.

Jean-Luc schlug frustriert gegen die Kante seines Pults. Einen Augenblick später ging das Licht in der Kabine wieder an. »Das fremde Schiff hat die *Ishtar* mit einem starken organischen Vernichtungsstrahl zerstört«, sagte Cal mit seiner seltsam heiteren künstlichen Stimme. »Sie und die anderen Besatzungsmitglieder wurden soeben aufgelöst.«

»Was war das für ein Schiff, Cal?«

»Ein totes Kriegsschiff. Es trieb vor Tausenden von Jahren in dieses System. Es war in ein Stasisfeld gehüllt, so daß seine Waffen und Systeme voll funktionsfähig blieben. Ihre Scans haben dieses Feld unterbrochen, wodurch das Schiff aktiv wurde. Auch ohne Besatzung handelte es als Kriegswaffe und schlug gegen eine mögliche Bedrohung zu.«

Jean-Luc lehnte sich zurück; sein Gesicht war eine grimmige Maske der Entschlossenheit. »Na schön. Mir sind ein paar Fehler unterlaufen. Ich werde sie nicht noch einmal machen. Spielen wir eine andere Simulation ab. Und dann sicherheitshalber noch ein paar.«

Er wurde besser.

Am Ende der Sitzung war er hundemüde, noch immer wütend und wahnsinnig hungrig, weil er sein Abendessen verpaßt hatte. Aber er war nur einmal gestorben.

Ihn störte nur der Gedanke, daß draußen, inmitten der echten Gefahren des Weltraums, einmal ausgereicht hätte.

7

Kadettencaptain Ran starrte ihre Crew herausfordernd an. Sie konnte nichts daran ändern, nicht mit ihren tiefsitzenden roten Schlitzaugen und den vorstehenden Knochenwülsten, die, selbst wenn sie schlief, den Eindruck erweckten, sie schaute wütend drein. Aber diesmal meinte sie es auch so. »Keine Fehler«, sagte sie. »Captain Page wird gleich kommen, um uns Instruktionen für unsere Mission zu geben. Wie auch immer sie aussieht, ich werde keine Fehler dulden – von keinem von Ihnen. Für Sie alle scheint diese Mission eine Art Spiel zu sein, aber dem ist nicht so. Sie ist meine Chance, mich zu beweisen. Sie wissen vielleicht nicht, daß noch nie ein Kemoraner ein Raumschiff von Starfleet befehligt hat. Ich beabsichtige, die erste zu sein, und ...« Sie zögerte, und die Schlitze ihrer Pupillen weiteten sich. »Und ... und ich werde ... äh ... keine Fehler dulden. Rührt euch!«

Jean-Luc entspannte sich. Tom Franklin stand rechts, Marta links von ihm, und daneben Roger Wells. Erneut kam Jean-Luc sich allein und isoliert vor. Oh, Franklin war immer zu einem freundlichen Schwätzchen oder einer Partie Karten bereit, aber das war etwas anderes, weniger mit einer Freundschaft als mit seiner Beziehung zu seinem älteren Bruder, Robert, zu vergleichen. Nein, ihn störte Martas kühle Reserviertheit. Sie hatten sich eigentlich nicht gestritten, aber irgendwie waren ihre Gespräche aggressiv und kurz geworden.

Und Jean-Luc fiel unwillkürlich auf, daß Roger dichter neben ihr stand als er.

»Kadetten, Achtung!« Tabath Rans Befehl bewirkte, daß Jean-Luc strammstand und geradeaus blickte.

Captain Page kam herein, schaute sich um und nickte zufrieden. »Kommando zurück, Kadetten! Sie dürfen sich setzen.« Mit scharfer Stimme fügte er hinzu: »Computer, dämpfe die Beleuchtung und bereite die holographische Demonstration der Mission acht des Nova-Kommandos vor.«

Sie nahmen an dem langen, schmalen Konferenztisch Platz. Als die Lichter erloschen, wurde eine holographische Darstellung des Mars, seiner beiden natürlichen Satelliten und der Bradbury-Station sichtbar. »Nur zu Ihrer Orientierung«, sagte Captain Page. »Achten Sie auf unsere genaue Position. Computer, verkleinern.«

Der Planet schrumpfte zu einem roten Punkt, und eine gelbe Kreislinie zeigte seine Umlaufbahn um die Sonne an. Ein Nebel erschien, Millionen winziger leuchtender Punkte, die den Asteroidengürtel darstellten. Hier und da waren kleine gelbe X-Markierungen zu sehen, die die Positionen von Bergbauzentren im Asteroidengürtel anzeigten. Jean-Luc saß in der Nähe des roten Punkts, der den Mars darstellte. Auf der anderen Seite des Tisches, am anderen Ende des Asteroidengürtels, leuchtete ein grüner Kreis und begann nun zu blinken.

»Achten Sie auf die Jupiter-LaGrange-Station Voltaire«, befahl Page. »Sie befindet sich in dem aufblitzenden grünen Kreis. Haben alle Kadetten sie gefunden? Computer, zeichne den Kurs der Mission ein.«

Nun erschien ein geschwungener roter Bogen, der knapp am Asteroidengürtel vorbei verlief und den roten Punkt des Mars mit dem grünen Kreis der Jupiter-Station verband. »Das ist nicht Ihre tatsächliche Flugbahn«, stellte Page klar. »Es wird Ihre Aufgabe sein, den Kurs festzulegen. Kadetten, das ist Ihre Mission: Sie fliegen die *Ishtar* von hier zur Station Voltaire und führen dabei eine Vermessung dritter Kategorie aller Asteroiden im Bereich Ihrer Sensoren durch. Ihr Treibstoff ist begrenzt, und Ihnen steht nur eine bestimmte Zeit zur Verfügung. Es ist Ihre Aufgabe, in der geringstmöglichen Zeit so viele Informationen wie möglich zu sammeln. Sie brechen morgen um acht Uhr auf, haben also etwa zweiundzwanzig Stunden, um Ihre Mission zu planen. Die Einzelheiten bleiben Ihnen überlassen. Noch Fragen?«

Roger hatte eine. Natürlich. »Sir, müssen wir so weit vom Asteroidengürtel entfernt navigieren?«

»Das liegt in Ihrem Ermessen, Mister Wells. Doch ich weise Sie darauf hin, daß die *Ishtar* nur über Schilde der Leistungsfähigkeit fünf verfügt. Ich würde Ihnen von einem direkten Durchflug abraten.«

Roger rümpfte die Nase.

»Captain Page«, sagte Marta, »Sie haben gesagt, unser Treibstoff sei begrenzt. Warum?«

»Stellen Sie sich vor, Kadett Batanides, die *Ishtar* sei ein Scoutschiff, das ein unbekanntes System kartographiert. Sie haben bereits einen Teil der Untersuchung abgeschlossen und sind auf dem Rückweg zum Mutterschiff, das von der LaGrange-Station Voltair verkörpert wird.«

»Sir, wieviel Treibstoff haben wir?« fragte Marta.

»Das werden Sie morgen um acht Uhr herausfinden«, sagte der Captain. Jean-Luc konnte sein Gesicht nicht sehen, hatte aber den Eindruck, daß Page lächelte.

Jean-Lucs Verstand arbeitete auf Hochtouren. Da sie die ihnen zur Verfügung stehende Treibstoffmenge nicht kannten, mußte er mehr als nur einen Kurs ausarbeiten. Und ...

»Sir«, sagte Kadettencaptain Ran, »Ich habe gehört, daß Nova-Crews gelegentlich auf Überraschungen stoßen.«

»Ist das eine Frage, Kadett Ran?«

»Nein, Sir«, sagte die Kemoranerin bedächtig.

»Gut. Dann überlasse ich Sie jetzt Ihrer Planung. Display beenden. Volle Raumbeleuchtung.« Als die Lampen aufflammten und das Hologramm verblich, konnte Jean-Luc auf der anderen Seite des Tisches Captain Pages schmales Gesicht ausmachen. Der Ausdruck darauf war ernst. »Noch eine Bemerkung zum Abschluß, Kadetten. Sie haben hart gearbeitet, und ich wünsche Ihnen alles Gute. Aber bedenken Sie, Starfleet wird Sie nicht im Auge behalten. Wenn Sie sich in Schwierigkeiten bringen, wird es mehrere Minuten bis zu einer halben Stunde dauern, bis ein Schiff Sie erreicht hat. Ich mag keine Crews, die sich in Schwierigkeiten bringen, und Sie werden die Bewertung nicht mögen, die solch eine Crew bekommt. Passen Sie auf sich auf und seien Sie auf alles vorbereitet. Das ist alles.«

Eine Stunde vor dem Start stand Roger kurz davor, Jean-Luc auf der engen Brücke der *Ishtar* anzubrüllen. »Das ist doch idiotisch! Du wirst uns alle in den Untergang reißen. Picard, diese Flugbahnen sind völlig unannehmbar!«

Jean-Lucs Gesicht war zornesrot. »Mister Wells, ich habe ein Dutzend verschiedene Flugbahnen berechnet, die uns mit Treibstoffreserven von fünfundzwanzig bis achtzig Prozent ans Ziel bringen werden. Ich werde die Feinabstimmung vornehmen, sobald unsere Instrumente aktiviert sind und …«

»Du bringst uns außerhalb des Gürtels!« schnaubte Roger. »Wir könnten genauso gut mitten durch den Gürtel fliegen und die Reichweite unserer Vermessung verdoppeln!«

»Wir bleiben in den Ausläufern des Asteroidengürtels«, sagte Jean-Luc und widerstand dem Drang, ihn ebenfalls anzuschreien. »Würden wir eine direktere Flugbahn nehmen, müßten wir mehr Energie auf die Schilde umleiten.«

»Er ist ein Feigling«, sagte Roger und drehte sich zu den anderen Kadetten um, als erwartete er von ihnen Unterstützung. Marta wandte peinlich berührt den Blick ab. Tom Franklin runzelte die Stirn. Tabath Rans fremdartiger Gesichtsausdruck war undeutbar.

Jean-Luc wandte sich ihr zu. »Captain Ran, ich überlasse es Ihnen. Soll ich einen neuen Kurs ausarbeiten, oder warten wir lieber, bis das Schiff Energie bekommt und wir präzise Daten haben?«

Die reptilischen Augen schauten von Jean-Luc zu Roger und wieder zurück. Tabath fuhr mit einer spitzen schwarzen Zunge über ihre Lippen. Einen

Augenblick lang dachte Jean-Luc, sie würde nicht antworten, doch schließlich sagte sie bedächtig: »Kadett Picard hat recht, Nummer Eins. Wir werden warten, bis das Schiff Energie hat.«

Roger riß die Arme in die Luft und drehte Jean-Luc den Rücken zu. »Na schön! Wenn ich hier der einzige bin, der eine anständige Bewertung bekommen möchte…«

»Nummer Eins, ich möchte so schnell wie möglich eine vollständige Erläuterung der Mission und eine Schilderung unseres Vorgehens abschicken können. Bitte bereiten Sie diese Dokumente vor.« Tabath Ran zögerte erneut und sank dann in den Sessel des Captains.

Roger murmelte leise etwas vor sich hin, während er im Sitz des Ersten Offiziers neben ihr Platz nahm. Er griff nach einem Minicomputer und programmierte ihn wütend, bereitete ein standardmäßiges Missionsformular vor. Sobald sie sich auf den Weg machten, würde er es Starfleet übermitteln.

»Äh, ich möchte die Energiekupplung der Haupttraktorphalanx überprüfen«, sagte Marta. »Jean-Luc, hilfst du mir dabei?«

»Klar.« Er würde alles tun, um kurz von der Brücke verschwinden zu können. Und der Gedanke, daß er fünf oder sechs Stunden auf engstem Raum mit den anderen verbringen mußte, besonders mit Roger… aber darüber konnte er sich jetzt keine Sorgen machen. Er überzeugte sich, daß er die wissenschaftliche Station gesichert hatte, und folgte Marta dann durch den schmalen Niedergang. Auf halber Strecke zur kleinen Transporterphalanx nahm sie eine Wandplatte ab und legte eine Energiekupplung frei.

Er kniete daneben nieder. »Kannst du überhaupt etwas feststellen, bevor wir von der Stationsenergie abgekoppelt sind?« fragte er.

»Ich will die Kupplung überhaupt nicht überprüfen«, erwiderte Marta flüsternd. »Das war nur eine Ausrede.«

Jean-Luc atmete tief ein. Kadetten legten auf Ausbildungsflügen kein Parfüm auf, doch Marta hatte ihr Haar mit etwas gewaschen, das nach Rosen roch. »Oh?« Er gestattete sich ein schiefes Lächeln. »Roger benimmt sich wirklich ziemlich töricht, was?«

Sie sah ihm direkt in die Augen. »Roger? Wovon sprichst du?«

Er schluckte. »Äh… nun ja, er war so unfreundlich, als wir über meine Navigation gestritten haben. Ich nahm an…«

»Ich mache mir um Tabath Sorgen, nicht um irgendeinen lächerlichen Macho-Wettstreit zwischen dir und…«

»Macho-Wettstreit? Wovon sprichst *du*?« fragte Jean-Luc betroffen. »*Er* benimmt sich doch wie ein Idiot, nicht ich.«

Empörung flackerte in ihren dunklen Augen auf. »Wirklich? Ich würde sagen, es steht so in etwa unentschieden.« Sie beugte sich über die Energiekupplung und tastete hier und dort mit einem Jefferies-Stromkreisprüfer. Das Gerät bestätigte nur, daß die Kupplung einem vollen Energiefluß standhalten würde und noch eine Toleranz von zusätzlichen fünfzig Prozent hatte. Das wußten sie bereits.

Jean-Luc atmete tief durch. »Was ist mit Tabath?«

»Wenn du dich nur mit mir streiten willst …«

»Nein.« Er berührte ihre Schulter, und sie schaute auf. Schockiert stellte Jean-Luc fest, daß Tränen in ihren Augen standen. »Du bist ja wirklich aufgeregt«, sagte er. »Hör zu, es tut mir leid. Was wolltest du mir sagen?«

»Kannst du mir sagen, ob dir irgend etwas an ihr ungewöhnlich vorkommt?«

»Ungewöhnlich?« sagte Jean-Luc stirnrunzelnd. »Ich weiß nicht. Ich hatte nie viel mit Kemoranern zu tun, sie sind so reserviert.«

»Na ja, ich war die letzten paar Tage praktisch un-

unterbrochen mit ihr zusammen. Wir haben uns jede Platine und jeden Stromkreis der *Ishtar* angesehen. Sie ist intelligent, Jean-Luc, und sie ist schnell. Die Reaktionszeit der Kemoraner ist um fünfzig Prozent höher als die der Menschen.«

»Und?«

Marta deutete mit dem Kinn zur Brücke. »Sie ist… sie ist so langsam. Irgend etwas stimmt heute morgen nicht mit ihr. Sie ist einfach nicht sie selbst.«

Jean-Luc grinste. »Das trifft wohl auf alle von uns zu. Sie ist nur nervös, weil die Mission ihr so viel bedeutet. Überleg doch mal; wenn sie schon für uns Kadetten im ersten Jahr so wichtig ist, wie wichtig muß sie dann für einen im vierten Jahr sein, der darüber hinaus noch Captain des Schiffes ist? Das kann einen ganz schön nerven, Marta.«

Marta setzte die Wandplatte wieder ein. Ihr zweifelnder Gesichtsausdruck bewies, daß sie mit Jean-Lucs Erklärung alles andere als zufrieden war. Aber schließlich seufzte sie. »Na schön«, murmelte sie. »Wenn du meinst. Aber vergiß nicht, was Captain Page gesagt hat. Wir sollten da draußen sehr vorsichtig sein.«

Um genau acht Uhr und zehn Sekunden meldete Marta von ihrer technischen Station aus: »Die *Ishtar* steht unter Energie, Captain.«

»Danke, Ingenieur.« Tabath Ran aktivierte den Bildschirm. Der Kontrolltower wurde sichtbar; Captain Page stand im Vordergrund, hinter ihm saßen ein halbes Dutzend Flugleitoffiziere. »Flugleitzentrale, hier Kadett Captain Ran. Die *Ishtar* ist startbereit. Wir warten auf Ihre Erlaubnis.«

»Starten Sie nach eigenem Ermessen, *Ishtar*«, erwiderte Page. »Viel Glück da draußen.«

Der Bildschirm leuchtete auf, und sie sahen den Rand der Station. Tabath hielt kurz inne und befahl dann: »Statusbericht, Ingenieur.«

Marta überspielte die Aufstellung des Schiffsstatus auf die Bildschirme. Sie erschien auch auf Jean-Lucs Display. Er warf sofort einen Blick auf den Treibstoffvorrat. Dreiundfünfzig Prozent. Nicht schlecht. Er hätte sich vielleicht etwas mehr gewünscht, aber auch so konnte er eine der bereits entworfenen Flugbahnen benutzen oder zumindest modifizieren.

»Andockklammern lösen«, befahl Tabath.

»Klammern gelöst«, meldete Marta.

»Nummer Eins«, sagte Tabath nach einer weiteren kurzen Pause, »bringen Sie uns raus.«

»Manövrierdüsen ein Viertel Rückschub«, sagte Roger sofort. Die Impulstriebwerke der *Ishtar* erwachten pochend zum Leben, und das Schiff wurde von einer angespannt dreinschauenden Marta langsam rückwärts aus dem Dock geflogen.

»Navigation«, sagte Roger, ohne sich umzudrehen, »geben Sie mir einen Kurs für einen Abflug-Standardorbit.« Obwohl sie sich normalerweise duzten, griff er nun, da die Mission offiziell begonnen hatte, auf das übliche »Sie« zurück.

Jean-Luc hatte mit dem Befehl gerechnet und nannte sofort die entsprechenden Kursdaten.

»Steuermann, setzen Sie den Kurs«, sagte Roger. »Mit halbem Schub voraus.«

Jean-Luc schüttelte den Kopf. Obwohl er wußte, daß sie nicht Gefahr liefen, mit irgend etwas zu kollidieren, war es verdammt schnell, das Dock mit halber Impulsgeschwindigkeit zu verlassen, wenn auch nicht so schnell, daß dafür ein Tadel fällig geworden wäre. Roger ging bereits bis an die Grenze.

Zuerst fiel die Bradbury-Station auf der einen Seite des Bildschirms zurück, dann das breite, rote Antlitz des Mars selbst mitsamt den Kratern und Bergen und dem blauen, sich kräuselnden Meer, und dann waren vor ihnen schon Sterne auszumachen. »Standardorbit«, meldete Tom Franklin.

»Gut.« Rogers Stimme nahm eine unangenehme Schärfe an. »Und jetzt, Mister Picard, lassen Sie mal Ihre Flugbahn sehen.«

»Ich habe eine für fünfzig Prozent Treibstoff geplant...«

Das Schiff machte einen Satz, und Jean-Luc hielt sich an der Konsole fest.

»Was war das?« fragte Tabath scharf.

»Eine Fluktuation im Trägheitsdämpferfeld«, meldete Marta. »Ich arbeite daran.«

Jean-Luc hatte den Eindruck, er würde fallen. Er biß die Zähne zusammen, um nicht die Beherrschung zu verlieren, doch das Gefühl erinnerte fatal an das, sich in einem Fahrstuhl zu befinden, der immer schneller in die Tiefe raste.

»Schwerkraft auf null Komma acht gefallen«, sagte Marta und hantierte hektisch an ihrer Konsole. »Jetzt null Komma sieben fünf. Wir verlieren alle sieben Sekunden fünf Prozent.«

»Bringen Sie das in Ordnung!« brüllte Roger. »Wenn Sie das vermasseln...«

»Habe in einer Kupplung eine Anomalie entdeckt«, sagte Marta. »Ich umgehe sie. Schwerkraft null Komma sechs zwei.«

Die Lichter flackerten, und Jean-Luc hörte das Aufheulen von Energie. Dann wurde der außer Kontrolle geratene Turbolift langsamer. Er fühlte, daß sein Gewicht allmählich wieder normal wurde.

»Captain«, sagte Tom Franklin, »die Subraumkommunikation ist gestört. Ich kann keinen Kontakt mit der Bradbury-Station herstellen.«

Jean-Luc hatte sich ebenfalls in den Schiffscomputer eingeklinkt, um seine Flugbahnen zu berechnen. »Hier liegt auch ein Fehler vor«, sagte er zu Tabath Ran. »Laut Computer ist unser Treibstoffverbrauch um sieben Prozent höher als vorhergesagt.«

Fast eine halbe Minute lang schwieg Tabath Ran. »Starfleet stellt uns auf die Probe«, sagte sie dann.

Roger drehte sich mit einem Grinsen auf dem Gesicht zu Jean-Luc um. »Natürlich! Darauf hätte ich auch kommen müssen. Diese Pannen sind eingebaut – wir sollen sie selbst lösen. Mister Franklin, führen Sie das Diagnoseprogramm der Kommunikationseinrichtungen durch und stellen Sie Ihre Versuche zurück, die Bradbury-Station zu erreichen, bis Sie das Problem isoliert haben. Marta, vergewissern Sie sich, daß unser Treibstoffverbrauch nicht überhöht ist. Und Mister Picard, berechnen Sie einen Kurs durch den Asteroidengürtel. Wir werden ihnen zeigen, was in uns steckt!«

Klar werden wir das, dachte Jean-Luc. *Besonders, wenn wir gegen einen Asteroiden prallen.*

Dann wird das, was in uns steckt, über ein paar tausend Kubikkilometer dunklen, kalten Weltraum verteilt werden.

8

Ihre Probleme hatten erst angefangen. Nachdem die künstliche Schwerkraft wieder normal war, schwankten plötzlich die Angaben über die Treibstoffreserven wie verrückt. Die Subraumkommunikation war noch immer blockiert, und die Sensorphalanx auf der Steuerbordseite arbeitete nur mit halber Kapazität. Tabath Ran erteilte zunehmend schwerfälligere Anweisungen, und Roger wurde immer hektischer.

»Nehmen wir uns ein Problem nach dem anderen vor«, schlug Jean-Luc vor. »Die Treibstoffsensoren werden durch die Meßgerätephalanx auf der Steuerbordseite geleitet. Falls Mister Franklin das Problem dort isolieren kann, stellen wir vielleicht fest, daß die falschen Angaben nur auf einer Display-Fehlfunktion beruhen.«

»Aber er ist der Kommunikationsoffizier …«, wandte Roger ein.

»Und in dieser Position«, unterbrach Franklin ihn, »kann ich zur Zeit gar nichts machen. Die Subraumkommunikation mit Starfleet ist völlig ausgefallen, ich kann nur noch routinemäßige Funksprüche auf Handelsfrequenzen empfangen. Ich schlage vor, wir befolgen Mister Picards Plan.«

»Ein toller Plan ist das«, murmelte Roger.

»Tja, wenn Ihnen was Besseres einfällt …«, sagte Marta.

Roger riß die Hände hoch. »Schon gut, hackt ruhig auf mir rum. Es ist nicht meine Schuld, daß wir diese Probleme haben.«

»Starfleet ist schuld daran«, murmelte Tabath Ran mit leiser und schläfriger Stimme. »Wir sollten tun, was Mister Picard vorschlägt.«

»Na schön, meinetwegen«, fauchte Roger.

»Was meinen Sie damit – ´Starfleet ist schuld daran´?« fragte Marta.

»Sie stellen uns auf die Probe«, erwiderte Tabath. »Sie versuchen, die Übung so schwierig wie möglich zu gestalten. Es ist unsere … wir müssen uns selbst mit den Problemen befassen.« Ihr Kopf schwankte, als sei sie benommen.

»Geht es Ihnen gut?« fragte Tom Franklin. Seine Stimme klang vor Besorgnis verkniffen.

Tabath schloß die Augen. »Ja, wir müssen uns mit den … mit den Problemen befassen. Doch ich habe … ein anderes … Problem … für das Starfleet nichts kann. Mister Picard, bitte untersuchen Sie mich mit dem Tricorder.«

Jean-Luc fragte sich, was jetzt wieder los war, während er einen Tricorder aus einem Instrumentenfach nahm und neben Tabath Ran trat, um die Untersuchung vorzunehmen. Da er so gut wie nichts über die kemoranische Physiologie wußte, konnte er mit den Ergebnissen kaum etwas anfangen, doch Tabath Ran nahm das Gerät, warf einen Blick darauf und seufzte. »Das habe ich befürchtet. Ich hätte mich vor drei Tagen auf der Krankenstation melden sollen, doch ich dachte, es sei nichts, nur ein kleines Virus. Und ich wollte diese Übung nicht verpassen.«

»Was ist los?« fragte Marta.

»Eine leichte Erkrankung«, erwiderte Tabath. »Schuppenfieber. Eine Kinderkrank... krankheit, die fast alle Angehörigen meiner Spezies bekommen. Die meisten von uns während der ersten zehn Lebensjahre. Leider habe ich sie erst jetzt bekommen. Vielleicht der Streß der Mission...« Sie gähnte und zeigte ihre zwei scharfen Zahnreihen. »Ich entschuldige mich bei Ihnen. Ich muß schlafen, bis das Fieber vorbei ist... in etwa zwanzig Stunden. Viel Glück. Ich... ich kann nicht mehr lange wach bleiben.« Sie aktivierte die Gurte ihres Sitzes. Sie würden sie sicher halten, ganz gleich, in welche Turbulenzen sie gerieten. Tabath Ran atmete mehrmals tief ein, und das schillernde Blau und Silber ihrer Haut verdunkelte sich dabei.

»Was!« kreischte Roger fast. »Das kann doch nicht Ihr Ernst sein!«

»Sie haben die Brücke, Mister Wells«, sagte Tabath, ohne die Augen zu öffnen. »Tut mir leid. Ich muß schlafen. So... so müde...« Ihre Stimme wurde immer schwächer.

»Ich habe das Problem mit den Sensorwerten isoliert«, meldete Tom Franklin. »Es liegt bei der Subkontrollen-Systemumleitung, nicht bei den Sensoren selbst. Wir müßten es also beheben können. Ich leite jetzt die Reparatursequenz ein.«

»Navigator, unser Status?« fauchte Roger.

Jean-Luc sah auf seine Instrumente. »Ich habe die Kursalternative vier gesetzt«, sagte er. »Nach den ursprünglichen Berechnungen hätten wir Voltaire um zwanzig Uhr dreiundzwanzig erreichen müssen. Da wir jedoch verspätet auf volle Impulskraft

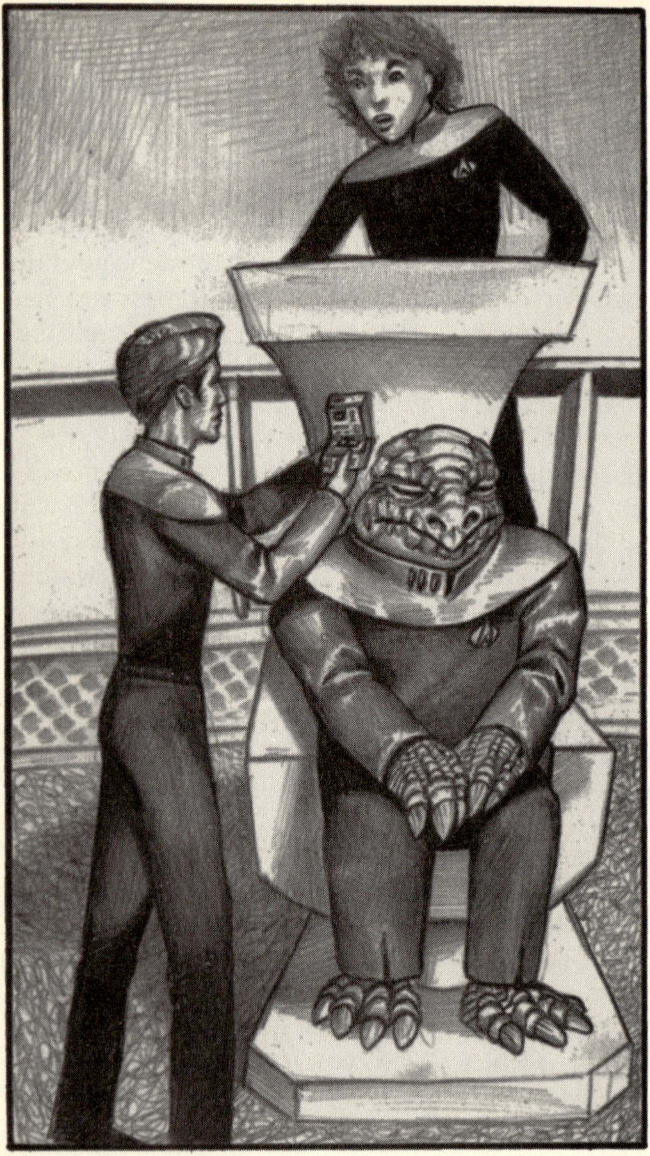

gingen, werden wir zu spät kommen. Um ganz genau zu sein… die geschätzte Ankunftszeit ist zweiundzwanzig Uhr einundvierzig.«

»Über zwei Stunden Verspätung?«

»Wenn wir auf dem ursprünglichen Kurs bleiben«, bestätigte Jean-Luc. »Er war für eine Treibstoffreserve von dreiundfünfzig Prozent berechnet.«

Roger sank in seinen Sessel und betrachtete die schlafende Tabath Ran. »Welchen Treibstoffspielraum läßt uns das? Wieviel ist bei unserer Ankunft noch übrig?«

»Fünfzehn Prozent einer vollen Ladung«, gab Jean-Luc zurück.

»Das ist zu viel. Wir kommen mit fünf Prozent aus.«

Marta schaute von ihrer technischen Station auf. »Das ist gefährlich, Roger. Und bei den falschen Meßergebnissen, die wir erhalten, kann ich nicht garantieren, daß die Triebwerke mit voller Kapazität arbeiten. Außerdem…« Sie zögerte, schaute dann Jean-Luc an und sagte leise: »Außerdem bin ich der Ansicht, wir sollten zur Basis zurückkehren. Wenn Tabath Ran wirklich krank ist…«

»Auf keinen Fall!« sagte Roger. »Das ist eine weitere kleine Überraschung von Starfleet. Begreift ihr das denn nicht? Sie ist eingeweiht!«

Franklin hielt in seiner Arbeit inne, sah sich um und schüttelte den Kopf. »Das glaube ich nicht. Ich habe mal einen Aufsatz über das kemoranische Schuppenfieber gelesen, und sie zeigt alle Symptome.«

»Die täuscht sie doch nur vor!« knurrte Roger. »Sie wollen es uns so schwer wie möglich machen.

Wir sollen ihnen zeigen, daß wir aus dem richtigen Holz geschnitzt sind. Mister Picard, berechnen Sie einen neuen Kurs durch die Ausläufer des Asteroidengürtels. Berechnen Sie eine Flugbahn und berücksichtigen Sie dabei, daß wir volle Energie auf die vorderen Schilde geben. Mister Franklin, funktionieren die Sensoren einwandfrei?«

»Aye, Nummer Eins.«

»Wir werden es ihnen zeigen«, sagte Roger mit einem grimmigen Grinsen. »Ich will pünktlich eintreffen und ihnen eine vollständige Sensorenmessung präsentieren.«

Marta schaute noch immer besorgt drein. »Wir sollten Tabath wenigstens regelmäßig untersuchen.«

»Das habe ich bereits getan«, meldete Jean-Luc. »Laut Tricorder liegt sie in einem tiefen Schlaf. Ihre Temperatur ist leicht erhöht, ihre Körperfunktionen sind leicht abgesenkt.«

»Dann behaltet sie im Auge«, sagte Roger. »Aber ich will die Voltaire-Station nicht später als zwanzig Uhr zwanzig erreichen.« Er funkelte sie an. »Sehen Sie das als einen Befehl an.«

Sie bekamen die Sache in den Griff. Obwohl ein System nach dem anderen Fehlfunktionen zeigte, ihr Captain bewußtlos war und Roger zunehmend gereizter wurde, bekam die Crew der *Ishtar* die Sache irgendwie in den Griff. Fünf Stunden nach Beginn der Mission hatten sie fast alles unter Kontrolle. Tom Franklin hatte noch immer keine Verbindung mit Starfleet aufnehmen können, obwohl die Diagnosechecks der Systeme keine Fehler ergeben hatten. Mittlerweile war ihnen klar, daß Starfleet einfach nicht mit ihnen sprechen wollte – und Roger hatte Franklin ausdrücklich verboten, irgendeinen Notruf zu senden oder Tabaths Krankheit irgendwie zu erwähnen.

Die Tricorderdaten zeigten, daß sie in keiner echten Gefahr schwebte, lediglich fest schlief. Fast eine halbe Stunde lang hoffte Jean-Luc, sie hätten alle ernsthaften Schwierigkeiten überwunden. Doch als sie sich dann den Weg durch die Ausläufer des Asteroidengürtels bahnten, kam es zu einem weiteren Zwischenfall. Franklin, der noch an den Kommunikationssystemen arbeitete, schaute scharf auf. »Nummer Eins, wir empfangen einen Notruf.«

»Was? Woher kommt er?«

Franklin sah auf seine Instrumente. »Tief aus dem Gürtel.«

»Hier?« fragte Roger. Seine Stimme war heiser vor Verärgerung. »Unmöglich. Was für ein Schiff hat denn mitten im Gürtel etwas zu suchen?«

»Er kommt von dem Scoutschiff einer Asteroiden-Bergbau-Gesellschaft«, sagte Franklin und nannte die genauen Koordinaten des in Not geratenen Schiffes.

Jean-Luc drehte sich von seiner Konsole um. »Das ist nur ein paar Minuten entfernt, etwas tiefer im Gürtel. Durchaus möglich, daß da was nicht stimmt.«

»Auf den Schirm«, fauchte Roger mit einem verstimmten Achselzucken.

Auf dem Bildschirm, der bislang einen von torkelnden Asteroiden durchquerten Sternenhimmel gezeigt hatte, erschien nun das von Rauschen und Streifen durchzogene Bild eines hageren Mannes.

»... rufe alle Schiffe, die mich hören«, sagte er. »Wir brauchen dringend Hilfe.«

»Hier Starfleet-Ausbildungsschiff *Ishtar*«, sagte Roger. »Kadett Roger Wells als amtierender Captain. Was für ein Problem haben Sie?«

»Gott sei Dank!« sagte der Mann. »Ich bin Gene Sayre, Mineraloge der Worrell-Bergbaugesellschaft. Mein Pilot und ich hängen in einem engen Orbit um einen Nickel-Eisen-Asteroiden fest – wir hatten eine Fehlfunktion der Manövrierdüsen, und es wird fast einen Tag dauern, bis wir sie repariert haben. Das Problem ist, daß wir so viel Zeit nicht haben. Wir haben eine Gravitationsanomalie entdeckt, die sich uns aus dem Norden des Systems nähert, und müssen sofort evakuiert werden.«

Roger wandte sich an Jean-Luc. »Wissenschaftlicher Offizier, können Sie die Anomalie bestätigen?«

Jean-Luc justierte die Fernsensoren. Als er die unglaublichen Meßergebnisse sah, blinzelte er. »Bestätigt«, sagte er. »Etwas sehr Kleines mit einer großen Masse nähert sich uns mit... mit 70 Prozent Lichtgeschwindigkeit!«

»Legen Sie es auf den Schirm. Volle Vergrößerung.«

Sie alle starrten den Bildschirm an. Nichts. Der Sternenhimmel, schwarzer Weltraum, sonst nichts.

Oder... war da eine seltsame Kräuselung zu sehen? Wenn man Sterne von einem Punkt außerhalb der Atmosphäre eines Planeten betrachtet, funkeln sie nicht, doch Gebilde, die aus kleinen Sternengruppen bestehen, scheinen zu schimmern und zu tanzen. »Da«, sagte Franklin, justierte den Bildschirm und schob den seltsamen Effekt in dessen

Mitte. »So starke Gravitationswellen, daß sie das Licht beugen. Da kommt tatsächlich irgend etwas, und zwar schneller als alles, was ich bislang gesehen habe. Ich bestätige – ja, meine Meßergebnisse decken sich mit denen von Mister Picard. Das Objekt bewegt sich mit über 70 Prozent Lichtgeschwindigkeit.«

Sie alle sahen ihn an. Praktisch nichts in der Natur bewegte sich mit drei viertel Lichtgeschwindigkeit – nichts außer Raumschiffen, bestimmten subatomaren Partikeln und …

»Ein Schwarzer Komet!« sagte Tom Franklin.

»Das ist doch lächerlich. In diesem Spiralarm wurde noch nie einer gesichtet«, fauchte Roger.

»*Ishtar*«, wiederholte Sayre in klagendem Ton, und Franklin holte sein angespanntes Gesicht wieder auf den Bildschirm. »Unseren Instrumenten zufolge wird die Anomalie uns in fünfzehn Minuten in tausend Kilometern Entfernung passieren. Wir brauchen sofort Ihre Hilfe.«

»Ton aus«, knurrte Roger. Franklin führte den Befehl aus.

»Ich verstehe das nicht ganz«, sagte Marta. »Was ist ein Schwarzer Komet?«

Jean-Luc sah sie an. Sie war blaß vor Anspannung. »Ein Schwarzer Komet wird manchmal auch Neutronenkern genannt«, erklärte er. »Sie sind sehr selten. Starfleet hat bislang nur zwei Stück entdeckt, beide im Beta-Quadranten. Sie waren sehr klein – jeweils nur ein paar Meter Durchmesser –, aber außergewöhnlich dicht, mit Gravitationsfeldern, die mindestens so groß wie das der Sonne waren. Und sie bewegten sich in riesigen Umlaufbahnen um das galaktische Zentrum, aber schräg zur galaktischen Ebene.«

»Ich dachte, du wärest der wissenschaftliche Offizier und nicht der Wissenschaftsdozent«, sagte Roger mit vor Sarkasmus triefender Stimme.

»Ach, sei doch still, Roger«, sagte Franklin. »Einige Wissenschaftler sind der Ansicht, Schwarze Kometen seien kleine, abgebrochene Stücke von Neutronensternen, aber mittlerweile hat sich die Auffassung durchgesetzt, daß es sich bei ihnen um übriggebliebene dichte Materie handelt, die beim Urknall entstanden ist. Auf jeden Fall haben sie unglaubliche Schwerkraftfelder. Sie saugen normale Materie einfach in sich hinein, genau wie Schwarze Löcher.«

»Tausend Kilometer werden nicht reichen, oder?« fragte Jean-Luc.

Franklin schüttelte den Kopf. »In tausend Kilometern Entfernung wird etwas mit so viel Masse den Asteroiden in Stücke reißen – und das Schiff. Wir müssen den Kurs ändern.«

Jean-Luc nickte. »Das ist auch meine Meinung. Wir haben nur zwölfeinhalb Minuten. Wenn wir jetzt den Kurs ändern, können wir es gerade noch schaffen und mit den beiden Technikern entkommen. Das wird unsere gesamten Energiereserven aufzehren.«

»Was soll das heißen – unsere gesamten Energiereserven?« fragte Roger. Sein Gesicht war gerötet, die Hände hatte er zu Fäusten geballt.

»Wir werden nicht mehr genug Treibstoff haben, um es bis zur Voltaire-Station zu schaffen«, erklärte Jean-Luc. »Wir haben dann nur noch genug Energie für drei Tage Lebenserhaltung. Aber Starfleet wird nach uns suchen …«

»Nein!« Roger schlug mit der Faust auf die Armlehne seines Sessels. »Nein. Das ist nur ein Test. Es gibt keine Anomalie – sie haben unsere Sensoren manipuliert, um uns falsche Daten zu präsentieren. Wir behalten den Kurs bei.«

»Roger«, sagte Marta, »ich stimme mit Jean-Luc überein. Was, wenn es kein Test ist? Wenn wir auf einen echten Notruf nicht reagieren, sind wir bei Starfleet endgültig erledigt. Wir bekämen dann noch nicht mal einen Job in der Handelsraumfahrt!«

»Na schön, na schön«, schnaubte Roger. »Soll Sayre doch Starfleet rufen und ...«

»Dafür reicht die Zeit nicht«, sagte Franklin. »Bis ein Starfleet-Schiff den Asteroidengürtel durchdrungen hat, spielt es keine Rolle mehr. Dann sind sie tot. Und außerdem stören die Schwerkraftwellen die Subraumkommunikation. Ich bezweifle, daß Starfleet uns überhaupt empfangen wird.«

»Dann ... dann ändern wir den Kurs«, sagte Roger. »Nein, wartet mal ... wir behalten den Kurs bei, aber ... oder wir könnten ...« Er sah die anderen an. In seinen Augen standen Zweifel und Furcht. »Wißt ihr, was es mit all diesen Notfällen auf sich hat? Das ist ein *Kobayashi Maru*!«

Jean-Luc verspürte kurz Zweifel. Jeder Kadett an der Akademie hatte von dem legendären *Kobayashi Maru*-Szenario gehört, einer Übung, bei der der Kadett einfach nicht gewinnen konnte. War das möglich? Vielleicht? Aber wenn nicht ...

»Uns bleiben nur noch zehn Minuten«, sagte Jean-Luc.

»Unternimm etwas, Jean-Luc«, sagte Marta. »Sag es mir, und ich ändere den Kurs ...«

»Halt den Mund!« schrie Roger. »Das ist Meuterei!«

Jean-Luc sah ihn an. Roger schwitzte, seine Blicke schossen hektisch hin und her. Roger hatte recht: Wenn Jean-Luc das Kommando übernahm, oder selbst der eigentlich ranghöhere Kadett Tom Franklin, meuterten sie gegen Rogers Autorität und verstießen damit gegen eins der ältesten Gesetze Starfleets. Wenn es wirklich nur ein Test war, wären damit all ihre Träume und ihre Karrieren in dieser Organisation beendet.

Andererseits war es möglich, daß zwei Menschen in Lebensgefahr schwebten.

Was soll ich tun? Jean-Luc blieb keine Zeit zum Nachdenken, doch er mußte eine Entscheidung treffen.

Was soll ich tun?

9

»Habe ich die Erlaubnis, einen Vorschlag zu machen?« fragte Jean-Luc. Roger, dessen Gesicht vor Schweiß glänzte und dessen blondes Haar auf seiner Stirn klebte, starrte ihn an, als hätte er ihn körperlich bedroht. Einen Moment lang dachte Jean-Luc, Roger würde ihn anschreien, vielleicht sogar nach ihm schlagen. Dann riß er sich mit einer deutlich sichtbaren Anstrengung zusammen. »Gewährt«, sagte er, doch sein Tonfall war alles andere als freundlich.

Jean-Luc erhob sich und trat neben Roger. Er beugte sich hinab und flüsterte ihm etwas zu, während Franklin und Marta zusahen. Er wußte, daß sie verwirrt waren, vielleicht sogar etwas verletzt, weil er so geheimnisvoll tat, aber seine einzige Hoffnung, die Sache durchzuziehen, lag darin, zumindest den Eindruck zu erwecken, daß Roger die Entscheidungen traf. Nach ein paar Sekunden nickte Roger, und Jean-Luc kehrte zu seiner wissenschaftlichen Station zurück. Roger räusperte sich. »Technische Station«, sagte er, »die Navigation gibt Ihnen einen neuen Kurs. Setzen Sie ihn. Energie auf alle Traktorstrahlen, und vergewissern Sie sich, daß die Bugschilde volle Energie haben.«

Bevor eine verwirrt dreinschauende Marta antworten konnte, übermittelte Jean-Luc ihr die neuen Koordinaten. Marta machte sich am Steuerpult zu schaffen, und die *Ishtar* änderte augenblicklich den

Kurs, drang tiefer in den Gürtel ein. »Volle Energie auf die Bugschilde«, befahl Roger.

»Aye, Sir«, erwiderte Marta. »Schilde stabil bei voller Energie.«

Jean-Luc hatte die Sensoreinstellung verändert, so daß der Bildschirm der *Ishtar* nun in die Richtung zurückschaute, aus der sie gekommen waren. »Die Anomalie nähert sich ziemlich schnell«, sagte er. »Das wird verdammt knapp werden – ich brauche Mister Franklins Hilfe bei der Koordination der Traktorstrahlen.«

»Machen Sie das.«

»Ich helfe gern. Aber was haben wir vor?« fragte Franklin.

Jean-Luc grinste grimmig. »Ich hoffe auf eine Mitfahrgelegenheit. In ein paar Sekunden wird der Schwarze Komet backbordseitig in äußerster Reichweite der Traktorstrahlen an uns vorbeirasen. Wir müssen ihn mit einem Traktorstrahl erfassen und uns an ihm festhalten.«

»Ist das dein Ernst? Wir können einen Himmelskörper mit so großer Masse nicht vom Kurs ablenken. Nicht mal um einen Zentimeter!« wandte Franklin ein.

»Nein, aber Mister Wells ist der Ansicht, daß der Komet *uns* schleppen kann. Seine Schwerkraft wird uns in den Gürtel ziehen, ohne daß wir Treibstoff dafür aufwenden müssen. Nach fünf Minuten geben wir Schub und schlagen einen engen Katapultorbit um die Anomalie ein. Auf diese Weise kommen wir etwa zwanzig Sekunden vor dem Kometen in die Nähe des Scoutschiffes – und haben eine einzige Chance, die beiden Männer an Bord zu beamen. Unsere Flugbahn wird uns zurück über die Ebene des Asteroidengürtels schleudern. Danach haben wir gerade noch genug Treibstoff, um die Voltaire-Station mit drei viertel Impulskraft zu erreichen.«

»Sämtliche verfügbare Energie auf allen Traktorstrahlen«, meldete Marta. »Die Schilde halten. Wir stoßen immer wieder mit Trümmerstücken aus dem Gürtel zusammen.«

Franklin beugte sich angespannt über seine Kontrollen. »Ich warte auf die Anomalie«, sagte er.

Jean-Luc warf einen Blick zu Roger Wells hinüber, der verloren und verängstigt wirkte. »Sir, vielleicht sagen Sie Mister Sayre und seinem Piloten lieber, daß sie sich bereithalten sollen. Wir erreichen sie in« – Jean-Luc schaute auf den Chronometer – »sechs Minuten und siebzehn Sekunden.«

»Kanal öff...«, setzte Roger an. Dann grinste er, wenn auch nur schwach. Er war noch immer blaß um die Nasenspitze. »Befehl zurück. Ihr habt genug zu tun. Ich kümmere mich darum.« Von seinem Hilfspult aus stellte Roger die Verbindung mit Sayre wieder her und erklärte ihm alles. Das Bild war kaum auszumachen, und der Ton knisterte und zischte. Da die sich nähernde Anomalie das normale Raum-Zeit-Gefüge stark beeinträchtigte, war die Verbindung schrecklich schlecht, doch nachdem Roger seine Nachricht mehrmals wiederholt hatte, verstand Sayre ihn endlich und erwiderte, sie würden sich bereithalten und ihren Lokator auf volle Energie schalten. Roger unterbrach die Verbindung wieder.

»Da kommt er«, meldete Franklin. »Traktorstrahl aktiviert – Ziel verfehlt.«

»Versuchen Sie es noch mal!« schrie Wells.

»Aye, aye. Ich hab ihn. Alle Mann festhalten – das wird unsere Trägheitsabsorber ganz schön durcheinanderbringen.«

Eine quälend lange halbe Minute veränderte sich nichts. Sie alle warteten angespannt und schweigend.

Dann stellte sich in Jean-Lucs Magengrube ein seltsames Gefühl ein. Wenn das Trägheitsabsorberfeld eines Schiffes aktiviert war, konnten die Passagiere normalerweise keine Beschleunigung wahrnehmen. In einem Schiff, auf das Energie einwirkte, konnten vielleicht einige Feldfluktuationen auftreten, die die Mannschaft herumwarfen, aber unter normalen Umständen war alles bombenfest.

Doch nun bekam er den Eindruck, sich auf der höchsten Steigung der größten Achterbahn im Universum zu befinden. Zuerst schien er zu schweben, dann endlos und immer schneller hinabzustürzen. Jean-Luc schnappte unwillkürlich nach Luft.

Der Bildschirm zeigte verschwommene Sterne, während die *Ishtar* unter der Anspannung vibrierte, die entstand, als sie von dem Schwarzen Kometen mitgerissen wurde. Die Anomalie selbst war noch immer unsichtbar, doch Jean-Luc erkundete sie mit allen Sensoren.

Die Werte, die er bekam, waren unglaublich. Die gesamte Masse hatte nicht mehr Volumen als ein kleines Shuttle, kaum mehr als die *Ishtar*. Aber sie war so dicht, als wäre die gesamte Erde und ein Dutzend weiterer vergleichbarer Planeten auf diese Größe zusammengedrückt worden. Alles, was auf die Oberfläche dieses winzigen Himmelskörpers ge-

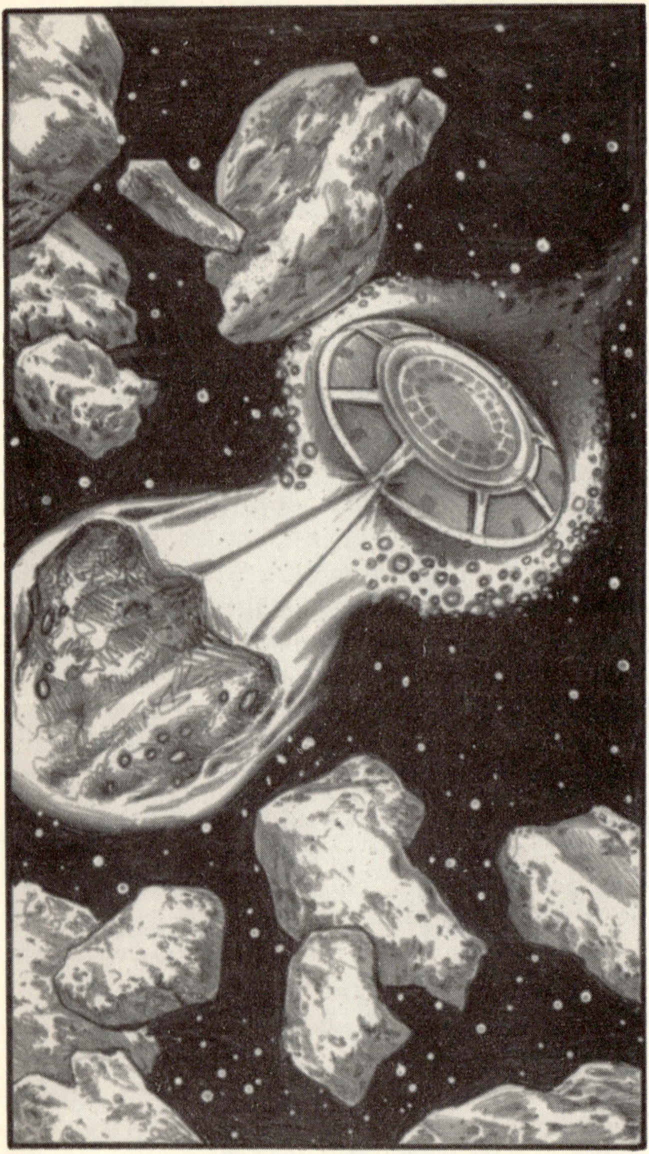

riet, würde von der Schwerkraft zerquetscht werden.

Ein Mensch würde auf einen ein Molekül starken Schmierfilm aus Knochen, Fleisch und Blut reduziert, pulverisiert und über die unvorstellbare Oberfläche verteilt werden.

»Seht euch das an!« rief Marta.

Jean-Luc starrte auf den Bildschirm, der nun wieder nach vorn ausgerichtet war. Ein vorbeirasender Asteroid löste sich auf, wurde zu einem staubigen Materiestrom zermahlen; die Reibung erhitzte ihn bis zur Glut, als der Schwarze Komet ihn einsog. Selbst sein ersterbender Glanz konnte die kleine Masse im Herzen der Anomalie nicht erhellen. Jean-Luc wandte seinen faszinierten Blick mit Mühe ab und betrachtete seine Daten. Der zerstörte Asteroid hatte sich knapp eintausend Kilometer von der Anomalie entfernt befunden. Die beiden Angestellten der Bergbaugesellschaft würden das gleiche Schicksal erleiden, falls der verzweifelte Rettungsversuch der *Ishtar* scheitern sollte.

»Wäre das eine holographische Simulation«, murmelte Franklin, »würde ich wohl um planetaren Beistand bitten.«

Das würden sie uns nicht antun, dachte Jean-Luc. Oder doch? Das *Kobayashi Maru*-Szenario hatte einen beträchtlichen Prozentsatz von Kadetten aussortiert, die gern Starfleet-Offiziere geworden wären, und es war nur eine Simulation gewesen.

»Wie hoch ist unsere Geschwindigkeit?« fragte Roger.

»Wir fliegen mit siebzig Prozent Lichtgeschwindigkeit«, antwortete Marta sofort. »Das liegt weit über der Sicherheitsspanne eines Ausbildungsschiffs der Nova-Klasse. Doch die Schilde halten.«

Sie *mußten* halten.

Mittlerweile registrierte Jean-Luc unzählige Einschläge gegen die Energieschilde. Fragmente des zerstörten Asteroiden, kieselsteingroße Materiebrocken, die bei der Geschwindigkeit, mit der sie flogen, Duranium durchdringen konnten wie ein Messer die Butter. Auf einem Raumschiff konnte man mit einem Hüllenbruch fertig werden, aber auf einem Ausbildungsschiff würde er den sofortigen, häßlichen Tod für jedes Besatzungsmitglied bedeuten.

»Wir nähern uns dem Rendezvouspunkt«, sagte Jean-Luc. »Sollen wir die Vorbereitungen treffen, um die beiden Männer an Bord zu beamen?«

»Ja«, sagte Roger. »Machen Sie das.«

Machen Sie das. Dieser alte, von der Erde stammende Befehl, der vornehmlich in der britischen Marine so beliebt gewesen war. Trotz der Gefahr, in der sie schwebten, trotz ihrer hektischen Eile, mußte Jean-Luc unwillkürlich leise lächeln. Ihm gefiel der Klang dieses altmodischen Befehls.

»Ich gehe zur Transporterstation und bediene sie von dort aus«, sagte Franklin. »An den primären Kontrollen habe ich eine größere Chance, die Zielobjekte klar zu erfassen.«

Er quetschte sich in den Gang, und kurz darauf erklang seine Stimme über das Interkom-System: »Transporter bereit. Falls wir in ihre Reichweite kommen, müßten wir sie erfassen können. Ich empfange ihre Signale jedenfalls klar und deutlich.«

»Transportiere sie, sobald wir nah genug heran sind«, sagte Jean-Luc. »Du hast höchstens vier oder fünf Sekunden.«

»Verstanden.«

Jean-Luc hielt seine Navigationswerte im Auge. Der Computer half ihm – ohne ihn hätte er gar nichts tun können, aber letztlich lief alles auf eine einzige lebenswichtige Entscheidung hinaus: die seine.

Ein Rechenfehler von einem winzigen Sekundenbruchteil konnte den Unterschied zwischen Leben und Tod ausmachen.

Jean-Lucs Muskeln verspannten sich. Sein Herz hämmerte laut in seinen Ohren. »Bereite die Triebwerke auf vollen Schub vor, derzeitigen Kurs beibehalten«, sagte er. »Auf mein Zeichen: Fünf. Vier. Drei. Zwei. Eins. Energie!«

Die Triebwerke der *Ishtar* erwachten zu vollem Leben.

»Traktorstrahl unterbrechen!« rief Jean-Luc. Marta deaktivierte sie sofort.

Das kleine Schiff hatte sich nun von seinem unsichtbaren Begleiter befreit. Indem es das Gleichgewicht zwischen Beschleunigung und Zentripetalkraft einerseits und der Schwerkraftanziehung andererseits fand, raste es in einem Orbit herum, der es immer schneller auf die andere Seite des Schwarzen Kometen schleuderte. Und auf die gestrandeten Minenarbeiter zu, die mittlerweile mit Entsetzen das Chaos beobachten mußten, das die sich nähernde Anomalie unter den Asteroiden anrichtete.

Roger hielt den Kanal noch immer offen. »Wir

kommen«, sagte er. »Halten Sie sich bereit. Wir führen den Transport durch, sobald wir in Reichweite sind.«

Keine Antwort. Vielleicht hatten die Bergbauarbeiter Rogers Nachricht nicht mal empfangen. Man konnte es nicht sagen.

Der Bildschirm zeigte nur noch Rauschen und graue und schwarze Streifen; die Gravitationswellen, die der Schwarze Komet ausstrahlte, hatten alle Systeme über die Toleranzgrenze hinaus beansprucht. Jean-Luc hörte das Knarren und Ächzen von Metall, die Beschwerden eines Schiffes, das weit über das Limit hinaus belastet wurde, das bei der Konstruktion vorgesehen worden war.

Der Interkom summte, und Franklins Stimme sagte: »Zwei Zielobjekte erfaßt. Gebe Energie.«

»Wir sind um den Kometen herum!« rief Marta. »Unsere Geschwindigkeit beträgt achtzig Prozent Lichtgeschwindigkeit und bleibt konstant!«

Jean-Luc beobachtete das Display seines Navigationscomputers. Jetzt waren sie dem Kometen, der durch eine häßliche rote Schwerkraftspirale dargestellt wurde, näher denn je zuvor. Die Gezeitenkräfte seiner Schwerkraft ließen die *Ishtar* protestierend aufkreischen. Das ganze Schiff summte vor Belastung.

Wie eine valusianische Springmaus, die vor einer angreifenden Kobrakatze floh, raste die *Ishtar* direkt vor der Welle der Vernichtung her, die der Komet erzeugte, zog dann bogenförmig hoch und entfernte sich von ihm. Jean-Luc überprüfte seine Berechnungen, und danach noch einmal. »Wir haben uns von dem Gravitationsfeld befreit«, sagte er mit Erleichterung in der Stimme. »Wir verlassen den Asteroidengürtel.«

»Wir werden langsamer, fallen auf normale Fluggeschwindigkeit zurück«, meldete Marta. »Wir haben jede Menge kleinere Schäden erlitten. Aber keiner davon ist so schwer, daß er das Schiff gefährdet.«

Seufzend nannte Jean-Luc ihre neue Position. »Wir sind weit von unserem ursprünglichen Kurs abgewichen.«

Einen Augenblick lang war jeder auf der Brücke still.

»Haben wir sie?« fragte Marta schließlich. Ihre Stimme klang erregt und angespannt.

Franklin antwortete sofort. »Bestätigung. Ich öffne die Luke zu den Mannschaftsquartieren, damit Mister Sayre und Mister Wilmot sich ausruhen und etwas essen können. Sie sind völlig erschöpft.«

Sayres Stimme erklang über den Interkom: »Captain? Vielen Dank. Ein paar Minuten lang dachten wir schon, wir seien erledigt.«

»Gern geschehen«, sagte Roger und warf Jean-Luc einen Blick zu.

»Das war eine hervorragende Leistung des Piloten«, sagte Sayre.

»Danken Sie meiner Crew«, sagte Roger mit einem bleichen Lächeln. »Sie hat es erst möglich gemacht.«

Kurz darauf kehrte Franklin zurück und glitt hinter seine Station. »Sie ruhen sich aus«, sagte er. »Beide haben achtzehn Stunden lang in Raumanzügen gesteckt und außerhalb ihres Schiffes an den Manövrierdüsen gearbeitet.«

»Warum haben sie nicht sofort um Hilfe gerufen?« fragte Marta.

Franklin zuckte mit den Achseln, während seine Hände über das Kontrollpult des Kommunikationssystems glitten. »Du kennst doch diese Minenarbeiter. Die letzten großen Individualisten. Sie dachten, sie könnten ihr Schiff selbst reparieren. Wahrscheinlich wäre es ihnen auch gelungen, hätte unser schwerer Besucher sie nicht dabei gestört. Na ja, jetzt können sie sich erholen.« Er schüttelte den Kopf. »Das ist doch nicht zu fassen. Starfleet ruft uns, aber jetzt ist unser Funksystem tatsächlich ausgefallen.«

»Können Sie es reparieren?« fragte Roger.

»Mal sehen, was ich tun kann. Aber wir sind während des Vorbeiflugs ganz schön durchgeschüttelt worden. Ich befürchte fast, wir werden ihnen erst erklären können, was passiert ist, nachdem wir angedockt haben.«

»Da wir gerade davon sprechen«, sagte Roger, »wie sieht unser Kurs aus?«

Jean-Luc hatte ermittelt, wieviel Treibstoffreserven ihnen verblieben waren, und nannte den neuen Kurs. »Damit werden wir Voltaire mit vier Stunden Verspätung erreichen«, sagte er. »Aber nur so kommen wir dorthin, ohne uns schleppen zu lassen.«

»Bring uns in einem Stück nach Voltaire«, sagte Roger mit leerer, erschöpfter Stimme. »Mehr verlange ich gar nicht.«

»Wir werden vier Stunden zu spät dort eintreffen«, wiederholte Jean-Luc.

»Solange wir die Station mit eigener Kraft erreichen, ist mir das egal. Es wird sowieso keine große Feier für mich werden«, sagte Roger und fiel in ein nachdenkliches Schweigen.

Er sah aus wie jemand, der gerade sein eigenes Todesurteil gelesen hatte.

10

»Das habe ich nicht verdient«, sagte Tabath Ran und wand sich vor Verlegenheit.

»Wenn Starfleet sagt, Sie haben es verdient, haben Sie es auch verdient«, erwiderte Tom Franklin. »Entspannen Sie sich einfach und akzeptieren Sie es.«

Jean-Luc schritt auf und ab und fragte sich, wo in aller Welt Marta war. Er, Tom und Tabath befanden sich in einem kleinen Raum hinter dem Scobee-Saal. In ein paar Minuten würden sie auf die Bühne treten müssen und – nun ja, das würde sich von selbst ergeben. Im Augenblick zerbrach er sich den Kopf über andere Dinge.

Er ließ die unglaublichen Ereignisse der letzten sechs Tage noch einmal Revue passieren. Die *Ishtar* hatte die Voltaire-Station mit eigener Kraft erreicht, aber nur ganz knapp. Captain Page wartete an der Andock-Station auf sie. »Da sind Sie also«, sagte er, als die Crew aus dem Schiff stolperte – oder zumindest die Besatzungsmitglieder, die bei Bewußtsein waren, da Tabath zu diesem Zeitpunkt noch fest schlief. »Ich erwarte eine vollständige Erklärung.«

Erklärungen gab es in Hülle und Fülle. Wie sich herausstellte, hätte Starfleet kurz, nachdem sie aus dem Asteroidengürtel hervorgekommen waren, ein schnelles Schiff schicken können, um sie aufzunehmen. »Aber«, erklärte Captain Page mit einem kaum wahrnehmbaren Augenzwinkern, »ich habe mir gedacht, Sie wollen Ihr Schiff auf jeden Fall selbst zurückbringen, oder das, was noch davon übrig war.«

Beide Angestellte der Minengesellschaft waren wohlauf, und das galt zwei Tage später auch wieder für Tabath, einmal abgesehen davon, daß es ihr überaus peinlich war, während der entscheidenden Phase ihres Flugs von einer Kinderkrankheit außer Gefecht gesetzt worden zu sein. Als sie zum Rückflug zur Erde an Bord eines Starfleet-Shuttles gingen, hatten sie bereits erfahren, daß ein Raumschiff abgestellt worden war, um dem Schwarzen Kometen zu folgen. Sobald er sich in sicherer Entfernung zum Sonnensystem befand, würde das Schiff versuchen, ihn mit Antimaterie-Torpedos zu vernichten.

Auf dem Rückflug zur Erde – eine wesentlich angenehmere Reise an Bord eines echten Starfleet-Schiffs, als die mit dem Übungsschiff es gewesen war – teilte Captain Page ihnen mit, daß sie sich gut geschlagen hatten. »Sie haben wahrscheinlich bemerkt«, sagte er ohne das geringste Grinsen, »daß wir die Kadetten auf solchen Übungsflügen gern vor gewisse Probleme stellen. Aber wir haben nicht damit gerechnet, daß ein echtes Problem aus dem interstellaren Raum herangerast kommt. Es ist Ihnen gelungen, damit fertig zu werden und das Schiff zurückzubringen. Ich glaube nicht, daß irgendeine andere Crew so hohe Bewertungen bekommen wird wie sie Ihre.«

Und so war es auch.

Nun sollten sie belobigt werden, und zwei Angehörige der Besatzung – Marta und Roger – kamen zu spät. Jean-Luc hörte damit auf, wie ein Tiger im

Käfig herumzulaufen, und öffnete die Tür. Da war sie! Er ging zu ihr hinaus. »Wieso kommst du so spät?« fragte er. »Sie werden uns jeden Augenblick auf die Bühne bitten…«

»Es ist Roger«, sagte Marta nur.

Jean-Luc schaute zu seinen Füßen hinab. Er atmete tief aus und zog sein Uniformhemd zurecht. »Wo ist er?«

Roger war draußen, saß auf einer Bank unter einer von Boothbys geliebten kalifornischen Eiben. Der Kadett hockte zusammengesunken da; sein Gesicht wies rote Flecken auf, und seine Augen waren ebenfalls gerötet. Jean-Luc nahm neben ihm Platz. Roger schaute nicht auf. »Verschwinde«, sagte er abweisend.

»Die Zeremonie fängt gleich an«, sagte Jean-Luc.

»Dann geh hin. Für mich spielt das keine Rolle mehr.«

»Was soll das heißen?«

Roger sah ihn wütend an. »Das heißt, daß du gewonnen hast, klar? Ich nehme meinen Abschied von der Akademie. Hoffentlich bist du jetzt zufrieden.«

Jean-Luc lehnte sich zurück und betrachtete den dunkelblauen Himmel. »Wir haben nie miteinander konkurriert«, sagte er.

»Ha!« Roger wischte sich die Tränen ab. »Alle haben gesagt, ich hätte es leicht, weil mein Vater Regierungsminister ist. Aber ich habe gelernt! Und ich war der Beste – der Beste! Und dann bist du gekommen, und dir ist alles viel einfacher gefallen als mir…«

Jean-Luc lachte.

Roger starrte ihn an. In seinen Augen stand gewaltiges Elend geschrieben. »Mach dich nicht über mich lustig!«

»Das tue ich nicht«, sagte Jean-Luc leise. »Lustig ist, daß ich genau dasselbe über dich gedacht habe. Du schienst dich nie anstrengen zu müssen, und ich bin … na ja, ich bin ein bißchen langsam. Manchmal.«

Roger schaute verwirrt drein. »Du meinst, du hast geglaubt, ich sei so intelligent?«

Jean-Luc nickte.

Roger lachte – ein hartes, bitteres Lachen, aber

trotzdem ein Lachen. »Und die ganze Zeit über habe ich mich kaputtgemacht, um diesen winzigen Vorsprung vor dir zu behalten!«

Jean-Luc stand auf und trat in den kühlen Schatten des Baums. »Vielleicht liegt das Geheimnis darin, daß wir zusammen- und nicht gegeneinander arbeiten sollten. Wie wir es auf der *Ishtar* getan haben.«

»Wie du meinen Hals gerettet hast, meinst du, als ich plötzlich wie erstarrt war.«

»Nein. Wie wir alle zusammengearbeitet – *zusammen*, Roger – und diese beiden Minenarbeiter gerettet haben, und das Schiff, und uns selbst. Darum geht es bei Starfleet. Und jetzt komm. Du wirst nicht die Klamotten hinwerfen. Dafür bist du zu gut.«

Roger stand zwar auf, schaute aber noch immer trotzig und ablehnend drein. »Sag mir eins. Wie bist du auf das Manöver mit dem Kometen gekommen? Ich konnte vor Angst keinen klaren Gedanken mehr fassen.«

»Ich hatte auch Angst«, gestand Jean-Luc ein. »Aber man muß etwas tun, auch wenn man eine Heidenangst hat. Ich habe versucht, Mister Spocks Ratschlag zu befolgen. Weißt du noch?«

Etwas dämmerte in Rogers Augen. »Du hast aus einem Feind einen Verbündeten gemacht, indem du dafür gesorgt hast, daß der Komet uns zu den Schürfern schleppt. Du hast eine Krise in eine Gelegenheit verwandelt, indem du sie und das Schiff gerettet hast.«

»Und ich habe aus der Erfahrung gelernt«, sagte Jean-Luc. »Jetzt weiß ich, was es heißt, Teil eines

Teams zu sein … zu einer Starfleet-Crew zu gehören. Ich denke, du solltest die gleiche Lektion lernen.«

»Jungs!« Marta winkte ihnen hektisch zu. »Sie rufen uns!«

Jean-Luc sah Roger an. »Also?«

Roger brachte ein Grinsen zustande, auch wenn es nur ein Schatten seines früheren, so unbeschwerten Lächelns war. »Na ja … wetten, daß ich vor dir an der Tür bin?«

Nach der Zeremonie wanderte Jean-Luc allein über den Campus. Es war sehr schön, auf der Bühne zu stehen und den Applaus der Kommilitonen zu genießen, aber er brauchte Zeit, um das alles zu verdauen, zu verarbeiten. Eine Viertelstunde lang schlenderte er ziellos herum. Schließlich stand er vor dem dreieckigen Beet, dessen Rosen er gemeinsam mit Boothby gepflanzt hatte. Sie schienen sich prächtig entwickelt zu haben. Natürlich blühten sie nicht. Um die Wahrheit zu sagen, sie sahen aus wie trockene Bündel dorniger Stöcke. Aber alle waren grün, alle lebten.

Jean-Luc spürte eine Hand auf seiner Schulter. »Sie pflanzen gut«, sagte Boothby.

»Danke.«

»Und ich habe gehört, Sie hatten eine kleine Feier im Scobee-Saal. Ich sollte Ihnen wohl gratulieren. Natürlich sind Raumschiff-Captains Dutzendware. Sie verstehen schon. Gute Gärtner sind selten.«

Jean-Luc sah den alten Mann an. »Was meinen Sie mit ´Dutzendware´?«

Boothby rümpfte die Nase. »Daß es mehr als genug von euch jungen Klugscheißern gibt, um die ganze

Galaxis zu erforschen. Na ja, ich gratuliere Ihnen, daß Sie endlich den richtigen Boden gefunden haben. Ich hoffe, etwas Gutes wird darin wachsen.«

Jean-Luc runzelte die Stirn. »Boden? Für die Rosen, meinen Sie?«

»Für Sie«, erwiderte Boothby. »Sind Sie sicher, daß Sie wirklich so klug sind, wie alle behaupten?«

Jean-Luc schüttelte den Kopf. »Nein. Dessen war ich mir nie sicher.«

»Gut. Vielleicht wird das Sie bescheiden halten.« Boothby räusperte sich. »Stellen Sie sich vor, ein Starfleet-Kommandant sei eine seltene Pflanze. Er muß den richtigen Boden finden, in dem er wachsen kann. Ihrer scheint dort zu liegen, wo auch immer Führungseigenschaften gebraucht werden. Ist das klar?«

»Völlig klar.«

»Dann verschwinden Sie endlich. Ihre Freunde warten in Ihrem Wohnheim auf Sie, um für Sie eine Überraschungsparty zu schmeißen.«

Jean-Luc starrte den alten Mann an. »Woher wissen Sie das?«

»Ich weiß alles!« fauchte Boothby. »Ich bin Gärtner!«

Jean-Luc machte sich auf den Weg. Er drehte sich einmal um und wollte winken, doch Boothby kniete schon wieder auf dem Boden, hatte den Kopf gebeugt und die geschickten Hände um eine ums Überleben kämpfende Pflanze gelegt, um ihr zu helfen, stärker, gesunder und aufrechter zu werden.

Jean-Luc fühlte sich auch stark und gesund, als er den Rest des Weges zu seiner Überraschungsparty lief.

STAR TREK™

in der Reihe
HEYNE SCIENCE FICTION & FANTASY

STAR TREK: CLASSIC SERIE

Vonda N. McIntyre, Star Trek II: Der Zorn des Khan · 06/3971
Vonda N. McIntyre, Der Entropie-Effekt · 06/3988
Robert E. Vardeman, Das Klingonen-Gambit · 06/4035
Lee Correy, Hort des Lebens · 06/4083
Vonda N. McIntyre, Star Trek III: Auf der Suche nach Mr. Spock · 06/4181
S. M. Murdock, Das Netz der Romulaner · 06/4209
Sonni Cooper, Schwarzes Feuer · 06/4270
Robert E. Vardeman, Meuterei auf der Enterprise · 06/4285
Howard Weinstein, Die Macht der Krone · 06/4342
Sondra Marshak & Myrna Culbreath, Das Prometheus-Projekt · 06/4379
Sondra Marshak & Myrna Culbreath, Tödliches Dreieck · 06/4411
A. C. Crispin, Sohn der Vergangenheit · 06/4431
Diane Duane, Der verwundete Himmel · 06/4458
David Dvorkin, Die Trellisane-Konfrontation · 06/4474
Vonda N. McIntyre, Star Trek IV: Zurück in die Gegenwart · 06/4486
Greg Bear, Corona · 06/4499
John M. Ford, Der letzte Schachzug · 06/4528
Diane Duane, Der Feind – mein Verbündeter · 06/4535
Melinda Snodgrass, Die Tränen der Sänger · 06/4551
Jean Lorrah, Mord an der Vulkan Akademie · 06/4568
Janet Kagan, Uhuras Lied · 06/4605
Laurence Yep, Herr der Schatten · 06/4627
Barbara Hambly, Ishmael · 06/4662
J. M. Dillard, Star Trek V: Am Rande des Universums · 06/4682
Della van Hise, Zeit zu töten · 06/4698
Margaret Wander Bonanno, Geiseln für den Frieden · 06/4724
Majliss Larson, Das Faustpfand der Klingonen · 06/4741
J. M. Dillard, Bewußtseinsschatten · 06/4762
Brad Ferguson, Krise auf Centaurus · 06/4776
Diane Carey, Das Schlachtschiff · 06/4804
J. M. Dillard, Dämonen · 06/4819
Diane Duane, Spocks Welt · 06/4830
Diane Carey, Der Verräter · 06/4848

STAR TREK™

Gene DeWeese, Zwischen den Fronten · 06/4862
J. M. Dillard, Die verlorenen Jahre · 06/4869
Howard Weinstein, Akkalla · 06/4879
Carmen Carter, McCoys Träume · 06/4898
Diane Duane & Peter Norwood, Die Romulaner · 06/4907
John M. Ford, Was kostet dieser Planet? · 06/4922
J. M. Dillard, Blutdurst · 06/4929
Gene Roddenberry, Star Trek (I): Der Film · 06/4942
J. M. Dillard, Star Trek VI: Das unentdeckte Land · 06/4943
David Dvorkin, Die Zeitfalle · 06/4996
Barbara Paul, Das Drei-Minuten-Universum · 06/5005
Judith & Garfield Reeves-Stevens, Das Zentralgehirn · 06/5015
Gene DeWeese, Nexus · 06/5019
D. C. Fontana, Vulkans Ruhm · 06/5043
Judith & Garfield Reeves-Stevens, Die erste Direktive · 06/5051
Michael Jan Friedman, Das Doppelgänger-Komplott · 06/5067
Judy Klass, Der Boacozwischenfall · 06/5086
Julia Ecklar, Kobayashi Maru · 06/5103
Peter Norwood, Angriff auf Dekkanar · 06/5147
Carolyn Clowes, Das Pandora-Prinzip · 06/5167
Diana Duane, Die Befehle des Doktors · 06/5247
V. E. Mitchell, Der unsichtbare Gegner · 06/5248
Dana Kramer-Rolls, Der Prüfstein ihrer Vergangenheit · 06/5273
Michael Jan Friedman, Schatten auf der Sonne · 06/5179
Barbara Hambly, Der Kampf ums nackte Überleben · 06/5334
Brad Ferguson, Eine Flagge voller Sterne · 06/5349
Gene DeWeese, Die Kolonie der Abtrünnigen · 06/5375
Michael Jan Friedman, Späte Rache · 06/5412
Peter David, Der Riß im Kontinuum · 06/5464
Michael Jan Friedman, Gesichter aus Feuer · 06/5465
Peter David/Michael Jan Friedman/Robert Greenberger, Die Enterbten · 06/5466
L. A. Graf, Die Eisfalle · 06/5467
John Vornholt, Zuflucht · 06/5468
L. A. Graf, Der Saboteur · 06/5469
Melissa Crandall, Die Geisterstation · 06/5470
Mel Gilden, Die Raumschiff-Falle · 06/5471
V. E. Mitchell, Tore auf einer toten Welt · 06/5472
Victor Milan, Aus Okeanos Tiefen · 06/5473
Diane Carey, Das große Raumschiff-Rennen · 06/5474
Diane Carey, Kirks Bestimmung · 06/5476

STAR TREK™

STAR TREK: THE NEXT GENERATION

David Gerrold, Mission Farpoint · 06/4589
Gene DeWeese, Die Friedenswächter · 06/4646
Carmen Carter, Die Kinder von Hamlin · 06/4685
Jean Lorrah, Überlebende · 06/4705
Peter David, Planet der Waffen · 06/4733
Diane Carey, Gespensterschiff · 06/4757
Howard Weinstein, Macht Hunger · 06/4771
John Vornholt, Masken · 06/4787
David & Daniel Dvorkin, Die Ehre des Captain · 06/4793
Michael Jan Friedman, Ein Ruf in die Dunkelheit · 06/4814
Peter David, Eine Hölle namens Paradies · 06/4837
Jean Lorrah, Metamorphose · 06/4856
Keith Sharee, Gullivers Flüchtlinge · 06/4889
Carmen Carter u. a., Planet des Untergangs · 06/4899
A. C. Crispin, Die Augen der Betrachter · 06/4914
Howard Weinstein, Im Exil · 06/4937
Michael Jan Friedman, Das verschwundene Juwel · 06/4958
John Vornholt, Kontamination · 06/4986
Mel Gilden, Baldwins Entdeckungen · 06/5024
Peter David, Vendetta · 06/5057
Peter David, Eine Lektion in Liebe · 06/5077
Howard Weinstein, Die Macht der Former · 06/5096
Michael Jan Friedman, Wieder vereint · 06/5142
T. L. Mancour, Spartacus · 06/5158
Bill McCay/Eloise Flood, Ketten der Gewalt · 06/5242
V. E. Mitchell, Die Jarada · 06/5279
John Vornholt, Kriegstrommeln · 06/5312
Laurell K. Hamilton, Nacht über Oriana · 06/5342
David Bischoff, Die Epidemie · 06/5356
Diane Carey, Abstieg · 06/5416
Michael Jan Friedman, Relikte · 06/5419
Michael Jan Friedman, Die Verurteilung · 06/5444
Simon Hawke, Die Beute der Romulaner · 06/5413
Rebecca Neason, Der Kronprinz · 06/5414
John Peel, Drachenjäger · 06/5415
Diane Duane, Dunkler Spiegel · 06/5417
Susan Wright, Der Mörder des Sli · 06/5438
W. R. Thomson, Planet der Schuldner · 06/5439
Michael Jan Friedman & Kevin Ryan, Requiem · 06/5442
Dafydd ab Hugh, Gleichgewicht der Kräfte · 06/5443

STAR TREK™

STAR TREK: DIE ANFÄNGE
Vonda N. McIntyre, Die erste Mission · 06/4619
Margaret Wander Bonanno, Fremde vom Himmel · 06/4669
Diane Carey, Die letzte Grenze · 06/4714

STAR TREK: DEEP SPACE NINE
J. M. Dillard, Botschafter · 06/5115
Peter David, Die Belagerung · 06/5129
K. W. Jeter, Die Station der Cardassianer · 06/5130
Sandy Schofield, Das große Spiel · 06/5187
Lois Tilton, Verrat · 06/5323
Diane Carey, Die Suche · 06/5432
Esther Friesner, Kriegskind · 06/5430
Melissa Scott, Der Pirat · 06/5434
Nathan Archer, Walhalla · 06/5512
Greg Cox/John Gregory Betancourt, Der Teufel im Himmel · 06/5513
Robert Sheckley, Das Spiel der Laertaner · 06/5514

STAR TREK: STARFLEET KADETTEN
John Vornholt, Generationen · 06/6501
Peter David, Worfs erstes Abenteuer · 06/6502
Peter David, Mission auf Dantar · 06/6503
Peter David, Überleben · 06/6504
Brad Strickland, Das Sternengespenst · 06/6505
Brad Strickland, In den Wüsten von Bajor · 06/6506
John Peel, Freiheitskämpfer · 06/6507
Mel Gilden & Ted Pedersen, Das Schoßtierchen · 06/6508
John Vornholt, Erobert die Flagge! · 06/6509
V. E. Mitchell, Die Atlantis Station · 06/6510
Michael Jan Friedman, Die verschwundene Besatzung · 06/6511
Michael Jan Friedman, Das Echsenvolk · 06/6512
Diane G. Gallagher, Arcade · 06/6513
John Peel, Ein Trip durch das Wurmloch · 06/6514
Brad & Barbara Strickland, Kadett Jean-Luc Picard · 06/6515

STAR TREK: VOYAGER
L. A. Graf, Der Beschützer · 06/5401
Peter David, Die Flucht · 06/5402
Nathan Archer, Ragnarök · 06/5403
Susan Wright, Verletzungen · 06/5404
John Betancourt, Der Arbuk-Zwischenfall · 06/5405

STAR TREK™

Christie Golden, Die ermordete Sonne · 06/5406
Mark A. Garland & Charles G. McGraw, Geisterhafte Visionen · 06/5407
S. N. Lewitt, Cybersong · 06/5408

DAS STAR TREK-UNIVERSUM, 2 Bde.,
überarbeitete und aktualisierte Neuausgabe!
von *Ralph Sander* · 06/5150

DAS STAR TREK-UNIVERSUM, Ergänzungsband
von *Ralph Sander* · 06/5151

William Shatner/Chris Kreski, Star Trek Erinnerungen · 06/5188
William Shatner/Chris Kreski, Star Trek Erinnerungen: Die Filme · 06/5450

Phil Farrand, Cap'n Beckmessers Führer durch STAR TREK – DIE NÄCHSTE GENERATION · 06/5199
Phil Farrand, Cap'n Beckmessers Führer durch STAR TREK – DIE CLASSIC SERIE · 06/5451

Ralph Sander, Star Trek Timer 1997 · 06/1997
Ralph Sander, Star Trek Timer 1998 · 06/1998
Nichelle Nichols, Nicht nur Uhura · 06/5547
Leonard Nimoy, Ich bin Spock · 06/5548
Lawrence M. Krauss, Die Physik von Star Trek · 06/5549
J. M. Dillard, Star Trek: Wo bisher noch niemand gewesen ist · 06/6500
Judith & Garfield Reeves-Stevens, Star Trek – Deep Space Nine: Die Realisierung einer Idee · 06/5550
Judith & Garfield Reeves-Steven, Star Trek Design · 06/5545
Aris Kazidian & Bruce Jacoby, Das Star Trek Kochbuch · 06/5546

Diese Liste ist eine Bibliographie erschienener Titel
KEIN VERZEICHNIS LIEFERBARER BÜCHER!